Cuando el cielo se vuelva amarillo

Cuando el cielo se vuelva amarillo

Nerea Pascual

matchstories

Obra editada en colaboración con Editorial Planeta – España

Composición: Realización Planeta

Bajo el sello editorial ESENCIA M.R.
Avenida Presidente Masarik núm. 111,
Piso 2, Polanco V Sección, Miguel Hidalgo
C.P. 11560, Ciudad de México
www.planetadelibros.com.mx

Primera edición impresa en España: octubre de 2024
ISBN: 978-84-08-29297-5

Primera edición impresa en México: abril de 2025
ISBN: 978-607-39-2650-8

Impreso en los talleres de Corporación en Servicios
Integrales de Asesoría Profesional, S.A. de C.V.,
Calle E # 6, Parque Industrial
Puebla 2000, C.P. 72225, Puebla, Pue.
Impreso y hecho en México / *Printed in Mexico*

Para papá, Marcos, abu y Carlos.
Espero que estéis orgullosos de mí

El tiempo no cura. Lo que cura es lo que haces con el tiempo.

EDITH EGER

Nota de la autora

Este libro está basado en una historia real, con algunas pinceladas de imaginación.

Sé que muchas de las personas que van a leer esta novela ya conocen el final, por eso siento la necesidad de mostrar un agradecimiento previo antes de comenzar. Posiblemente no habría tenido esta oportunidad sin la gente que me apoya cada día.

Gracias de corazón.

Por otro lado, también soy consciente de la cantidad de gente que no sabrá lo que se va a encontrar en estas páginas. Quiero agradecerles asimismo que hayan elegido mi primera novela.

Escribir esta historia ha sido uno de los mayores retos de mi vida.

Mi psicóloga dijo: «Estoy segura de que será positivo para tu evolución», y así fue.

A pesar de que el desenlace no es el que todos hubiésemos deseado, me gustaría que este libro fuese una lección de vida para quienes lo lean. Que no quede como algo únicamente triste. Que sea una manera de aprender a vivir el presente. Como diría mi querido Carlos: «Un *carpe diem* real».

Capítulo 1

Lola

Tenía tanto sueño que podría haberme dormido incluso estando de pie. ¿Cómo se me ocurrió quedarme hasta tan tarde viendo *Crónicas vampíricas*? En ese momento me arrepentí, pero la noche anterior necesitaba terminar la última temporada de una vez por todas. Me parece tan injusto que no les dieran a Klaus y a Caroline la historia de amor que se merecían...

—¿Por qué a estas niñas nunca se les acaba la batería? —susurró mi compañera Ana mientras dibujaba una flor en la mejilla de la pequeña.

—Ánimo, ya queda poco —murmuré. El reloj lila con forma de unicornio del fondo de la sala marcaba las doce y veinticinco.

«Un cumpleaños más y estás fuera», me recordé, porque yo también necesitaba una buena dosis de ánimos.

Llevaba todo el verano trabajando en Cuentos de Hadas, un lugar bastante sexista en el que algunos niños, pero sobre todo niñas, celebraban su cumpleaños de la manera más cursi del mundo.

La fiesta se basaba en ser el centro de atención, por lo que el resto de las invitadas tenían que hacer lo que la cumpleañera quisiera, disfrazándose con tutús pomposos, coronas y collares de plumas o desfilando por una pasarela, no sin antes haber pasado por el *spa* donde las peinábamos y maquillábamos como princesas de cuento.

Mientras ayudaba a la mejor amiga de la cumpleañera a colocarse bien el tutú, deseé con todas mis fuerzas poder arrancarme la peluca del uniforme. Cierto, no lo he comentado: dentro de este centro de celebraciones tan mágico, las trabajadoras no podíamos ser menos mágicas. La vestimenta digna de un lugar como ese estaba formada por una larga y lacia peluca rosa que cada día perdía más pelo, una falda con tres volantes de un color rosa fucsia y unos leotardos blancos acompañados de unas bailarinas llenas de purpurina dorada. Eso no estaba pagado.

—¡Quiero más agua! —gritó una niña desde el fondo de la sala.

—Se pide por favor —respondí.

—Sin favor —me vaciló de manera desafiante.

«Piensa en el día de cobro», me dije para no duchar a la cría con la jarra de agua.

Después de la merienda teníamos que intentar mantener a las niñas en el sitio para poder hacer la entrega de regalos y, más tarde, algún que otro juego en el que la cumpleañera se subía al pequeño escenario del salón y sus súbditos repetían todo lo que hacía la reina.

—¿Qué canción quieres ahora? —pregunté a la pequeña con alma de demonio.

—*¡Contando lunares!* —gritó en mi oreja, como si no estuviese a menos de un metro de ella.

«¡Qué raro!»

Me hice la sorprendida; en realidad, no entendía muy bien por qué tenía que preguntar qué canción quería cuando ese tema de Don Patricio había sonado prácticamente en todos los cumpleaños de ese verano.

No sabía cuánto tiempo aguantaría en ese trabajo; los niños nunca habían sido mi fuerte, aunque por alguna extraña razón se me daban bien. Así que, cada vez que alguno pisaba mis preciosas bailarinas de purpurina dorada o pensaba que la media que me cubría el pelo para ponerme la peluca apretaba más de la cuenta, recordaba mis ansias por pagarme la autoescuela y conseguir el carnet de conducir.

Tener el carnet no me daría un coche, mi madre no podía permitírselo, pero mi abuelo siempre me había dicho que saber conducir te daba mucha libertad, y eso era exactamente lo que quería. Odiaba depender de los demás para muchas cosas, aunque no me importaba lo más mínimo coger el transporte público. Quería llevar a mis primos al colegio, a mi abuela al mercadillo o, si había una emergencia en la familia, que supieran que también podían contar conmigo.

Cuando acabé de barrer el último gusanito del suelo rosa del salón, me dirigí al vestuario con su desagradable olor a pies para volver a vestirme con mi ropa de calle.

—¡Socorro! —exclamé al entrar.

—Tápate la nariz, es insoportable —se lamentó mi compañera.

Aquel olor no era culpa nuestra; nos cambiábamos en el mismo sitio que las niñas, y de ahí el horripilante perfume a pies. Por fin pude quitarme la dichosa peluca que no dejaba respirar a mi corta melena castaña y, para variar, intenté recogerme el pelo en una pequeña coleta, porque aquel matojo sintético de color rosa me lo dejaba aplastado y grasiento.

—¿Tienes planes para esta tarde? —preguntó mi jefa mientras acababa de firmar mi horario de esa semana.

Era sábado, las vacaciones de verano llegaban a su fin y tenía muchísimas ganas de aprovechar los últimos días. Iba a empezar mi último año de instituto y eso me daba pánico, terror, ansiedad..., de todo.

Mi jefa era una mujer muy cercana y atenta, y aunque podría haberme pagado un poco más la hora, trabajar con ella era muy agradable.

—Voy a visitar a Valeria —contesté.

—¿Ha empeorado?

—No, no, todo bien.

—Vale, descansa.

Valeria era mi mejor amiga desde segundo de la ESO, aunque realmente nos conocíamos de toda la vida, ya que habíamos ido al mismo colegio, solo que a clases diferentes. No fue hasta que coincidimos un año en secundaria cuando nos volvimos más cercanas.

A principios de primero de bachillerato comenzó a tener ciertos problemas de salud. Después de varios meses de médicos y pruebas de esas que te quitan el sueño, le diagnosticaron aplasia medular, una enfermedad de la que no había oído hablar hasta que se la encontraron a ella. Es algo muy parecido a la leucemia, pero sin llegar a necesitar tratamiento oncológico.

Aunque el diagnóstico no fue tan negativo como parecía, ya que su cuerpo reaccionó de manera muy positiva a la medicación, se podría decir que Valeria había vivido el último año entre el hospital y su casa. Sus defensas brillaban por su ausencia, y a veces era peligroso que nos viéramos. Algunos días, cuando salía de fiesta y después quería ir a verla, pensaba: «Como vaya ahora, me la cargo».

A pesar de todo, gracias a lo que llamamos «el cole del hospital», pudo aprobar primero de bachillerato a distancia, y solo iba al insti para hacer los exámenes.

Me coloqué la mochila al hombro y me dirigí a la parada del autobús para llegar hasta el hospital. Mi trabajo estaba más o menos en el centro de la ciudad, así que el trayecto no era muy largo. Había estado de pie unas siete horas, por lo que el asiento del autobús me pareció más cómodo de lo normal.

Como siempre, elegí sentarme al fondo, mi lugar favorito para relajarme y disfrutar de mi momento *main character* del día. Saqué los auriculares, y el último disco de Harry Styles inundó mis oídos.

«Dios mío, amo a este hombre con toda mi alma.»

Después de varias paradas llegué y me dirigí hacia el enorme edificio rectangular de color grisáceo que, estaba segura, en algún momento debía de haber sido blanco.

La habitación de Valeria se encontraba en la quinta planta, oncología infantil. Caminé hacia los grandes ascensores azules, ya que era el único camino que me sabía para llegar a su habitación. Siendo sincera, si me quitaban esos ascensores no tendría ni la menor idea de cómo dar con ella. El hospital era un laberinto para mí.

Los pasillos de oncología infantil siempre estaban llenos de dibujos, al igual que las habitaciones, y la verdad es que era de agradecer. Las habitaciones de la planta de adultos eran de color gris, como si estar meses en un hospital no fuese lo bastante deprimente como para ver todos los días cuatro paredes de ese color.

Caminé por el largo pasillo sin poder evitar que mis zapatillas chirriaran en el trayecto, lo que me provocaba un poco de vergüenza. Cuando llegué ante la puerta de color mostaza, abrí.

—¡Lola! —gritó Valeria—. Sabía que andabas cerca por el sonido de tus zapatillas.

Mi amiga no estaba sola, sino muy bien acompañada, y ahí fue cuando me di cuenta de que estaba perdida.

Capítulo 2

Lola

No podía ser. Otra vez no.

Digamos que nunca había sido una persona especialmente romántica. Siempre había sentido que mostrar mi lado más «blandito», por llamarlo de alguna manera, me volvía vulnerable, algo que, a la larga, podían utilizar en mi contra.

Nunca fui una chica cariñosa, tenía otras formas de mostrar amor, y el contacto físico no era una de ellas. No me juzguéis, amaba las comedias románticas, pero era una *hater* oficial de los finales felices. Sí es cierto que tenía una fuerte y potente creencia en el conocido cliché del «amor a primera vista», pero por desgracia nunca me era correspondido, solo yo lo sentía de esa manera.

Me enamoré a primera vista por primera vez a los catorce años, y se me revuelve el estómago solo de pensar en lo patético que fue.

Durante la segunda quincena de mayo, en mi instituto siempre se celebraba una jornada de puertas abiertas donde se realizaban todo tipo de actividades. No entendí muy bien por qué un año dejaron tocar al grupo de música de uno de los alumnos de bachillerato, pero así fue. Adolescentes con las hormonas revolucionadas esperando en primera fila del pequeño escenario que colocaron en medio del patio, preparadas para escuchar a cuatro chavales que posiblemente tocaban de pena. Pero ahí estaba él, el chico rubio y delgado que tocaba la batería.

«Demasiado perfecto para ser real.»

Tuve tal flechazo que me pareció que tocaban como los mismísimos Arctic Monkeys.

—Chicas, necesito saber quién es ese pedazo de rubio —solté mientras formaba un pequeño corro con mi grupo de amigas.

—Creo que va a clase de mi vecina, igual podemos conseguir información si le preguntamos —respondió Valeria.

—Pero ¿tú estás loca? Son tíos de bachillerato, ni de palo vas a conseguir hablar con él. —Sofía era siempre tan positiva...

Así fue como fuimos en busca de nuestro topo y conseguimos toda la información necesaria para empezar lo que se convirtió en mi primer trauma con un chico.

—¿Gonzalo? —preguntó la vecina extrañada—. Sí, creo que nos seguimos en Insta. Te paso su cuenta.

Y así conseguimos su Instagram y, gracias a mis fantásticas dotes para ligar, logré hablar con él, con mi primer *crush*.

Gonzalo: No piensas enviarme una foto tuya?

Lola: Acaso te importa tanto el físico? No sabes nada de mí y te pasas el día hablando conmigo...

Gonzalo: Entonces cuándo dices que nos vemos?

Debo decir que en ese momento jugué muy bien mis cartas..., o eso creí. Empecé a hablarle desde mi cuenta secundaria de Instagram, donde no tenía ninguna foto mía. Era consciente de que, si hubiera sabido que me sacaba tres años, nunca habría mantenido una conversación conmigo, así que fui la «chica misteriosa» hasta que no pude ocultarlo más.

Estuvimos hablando casi un año, día y noche, pero nunca pasó nada. Él simplemente me quería para pasar el rato, ya que, siendo sincera, jamás mostró el más mínimo interés en tener algo conmigo. Entonces, ¿por qué se molestó en hablar conmigo durante más de un año? Nunca lo sabremos.

Hoy agradezco que me pasara eso. Aprendí que debía ser clara y me prometí a mí misma que jamás me harían perder el tiempo de esa manera. Si me gustaba alguien no iría con rodeos. Y así fue como llegué a mi segundo flechazo.

Dos veranos más tarde comencé a salir de fiesta por uno de los barrios de mi ciudad. Toda la gente de mi edad se concentraba los viernes por la noche en la misma plaza, rodeada de pubs en los que podías entrar, aunque fueras menor de edad, sin problema. Admito que a mí me daba bastante pánico ir a ese tipo de sitios, ya que, a diferencia de mis amigas, siempre he parecido más pequeña de lo que era.

Fue entonces cuando empecé a robarle el maquillaje a mi madre y me pasaba las tardes viendo tutoriales de YouTube para aprender a crear el *eyeliner* perfecto y un *contouring* digno de una Kardashian.

—Venga, Lola, no te hagas tanto de rogar. Hoy salimos y no hay más discusión.

—Valeria, de verdad que no me apetece.

—Hazlo por mí... Hoy me han roto el corazón y seguramente nunca más podré volver a enamorarme. ¡Jamás! —me suplicó Sofía, incluso se puso de rodillas.

Acepté y me arrepentiré siempre, porque me habría ahorrado uno de los mayores traumas de mi vida.

—Venga, Sofi, un par de chupitos y se te quitan todos los dramas.

«Buenísima idea, Valeria.»

Aquella tarde mi amiga Sofía había roto con su novio después de ocho meses de relación. Decidí no beber más de la cuenta porque sabía que en algún momento de la noche iba a tener que cuidar de ella. Presentía un bajón emocional digno de una adolescente con el corazón roto, y así fue.

—Muy bien, Sofi, suéltalo todo —dije mientras le sujetaba la larga melena rubia después de que expulsara el último trozo de pizza que habíamos cenado hacía menos de una hora.

—Odio a los hombres.

—Todas lo hacemos —respondí—. Vamos un rato fuera a que te dé el aire.

Aunque sabía que tenía calor por la cantidad de alcohol que acumulaba en su delgado cuerpo, intenté colocarle la chaqueta de cuero por encima para evitar más catástrofes. La obligué a sentarse en uno de los bordillos de la calle para poder descansar un poco. Los pies me estaban matando. Cuando trataba de ayudarla para evitar que se cayera, ya que su estabilidad era bastante inexistente, tropecé y me di un fuerte golpe en la cabeza contra el muro que tenía delante.

—¡Ay, lo que faltaba! —refunfuñé.

—¿Estás bien? —oí que decía alguien entonces.

Me volví con la mano en la frente, tocando el foco del dolor, e intenté averiguar de dónde provenía aquella voz. Con la vista un poco borrosa debido al alcohol y al tropiezo, vi como un chico alto de pelo rizado se acercaba a mí.

—Te has dado un buen golpe —comentó el pelirrojo—. ¿Necesitas ayuda? —me preguntó luego, mientras su mirada se dirigía hacia un chico moreno que se encontraba en el mismo estado que Sofía—. Veo que los dos estamos igual...

—No jodas, ¡es Ed Sheeran! *Sing, sing!* —exclamó Sofía.

—Por Dios, Sofi, qué vergüenza...

—Creo que lo mejor será subir al próximo bus y volver a casa —propuso el desconocido, y yo le respondí con una sonrisa.

Cogimos el mismo autobús, ya que casualmente vivíamos por la misma zona, y volvimos a casa cuidando de los borrachos de nuestros amigos.

Por desgracia, lo que empezó siendo un encontronazo digno de comedia romántica acabó convirtiéndose en uno de mis mayores traumas. Gracias a él descubrí que mi verdadero tipo de chico eran los pelirrojos de pelo rizado y que me costaría mucho salir de ahí, pero también hizo que nunca más volviese a confiar en nadie.

Al ver que mi flechazo era correspondido, no dudé en expresar mis sentimientos al poco de empezar a conocernos, para no repetir los errores de la vez anterior. Fue una relación corta pero intensa, tal vez demasiado intensa por mi parte, lo que hizo que me arrepintiera en cuanto me engañó con una de su clase.

Y lo peor fue que me culpó a mí de que lo nuestro no funcionara, echándome en cara todos los miedos e inseguridades que le había contado como confidencias.

—¿Me estás dejando? —No me lo podía creer.

—Lo siento, pero creo que tienes muchos problemas en la cabeza que deberías resolver antes de estar con alguien.

—Si te lo conté fue porque había muchas cosas que no entendías de mí, pero ya veo que has decidido que no soy buena para ti.

Había conseguido hablarle de lo que rondaba por mi mente desde hacía años y no había sido capaz de expresar nunca en voz alta. Con su actitud, lo que logró fue que, de forma inconsciente, volviese a cerrarme en banda.

A pesar de todas mis malas experiencias, nunca me rendí. Un amor a primera vista no se podía dejar pasar, así que en cuanto vi a aquel chico en el hospital empezaron a sonar campanas de boda en mi cabeza.

—Es Nico, te he hablado mucho de él —dijo Valeria.

«Nico, Nico, Nico.» Su nombre resonó en mi mente entre las campanadas, haciendo que volviese al mundo real.

Capítulo 3

Lola

Era cierto que Valeria me había hablado mucho de él, pero nunca habíamos llegado a coincidir y, desde luego, ella jamás me había enseñado una foto de ese tremendo dios griego.

Nico era un chico que también había estado ingresado, pero por un cáncer cuyo nombre no recuerdo porque era demasiado extraño. De hecho, Valeria me había contado que su enfermedad era «rara», porque afectaba a muy poca gente. También me había dicho que lo había pasado muy mal, ya que, a diferencia de ella, tardaron mucho en darle un diagnóstico. Cuando al fin se lo dieron, el tumor estaba tan avanzado que casi no lo cuenta. En realidad, aún no sabían cómo se había salvado, pero el caso es que allí estaba, sentado en el sillón negro junto a la cama de mi amiga.

Dejé mis cosas al lado de la ventana y me acerqué para darle un abrazo a Valeria.

—Yo soy Lola, encantada —dije con una sonrisa mientras me sentaba en el borde de la incómoda cama—. Oye, ¿alguna vez te han dicho que te pareces a Arón Piper?

Él me devolvió la sonrisa, pero no dijo nada. Sonrisa perfecta. Por un momento pensé que tal vez estuviesen hablando de algo importante y que mi llegada le había resultado incluso molesta. Su piel era excesivamente pálida, lo que hacía que las pecas de su nariz resaltaran aún más.

Me costó verle bien los ojos, porque la mayor parte del tiempo tenía la cabeza agachada, pero me fijé en que eran verdes. Me imaginé que llevaba ya varios meses sin ningún tipo de tratamiento porque su pelo había crecido bastante, dejando a la vista unos rizos encrespados de color rubio.

Mientras ellos hablaban de cosas técnicas de hospital que yo no entendía, no pude evitar crear mil escenarios ficticios en mi cabeza con ese chico.

¿Cómo sería pasear con él por la playa? Aunque, bueno, era bastante pálido, así que creo que la playa no le iba mucho. ¿Una cita en el cine? Pero nada de películas de miedo, lo pasaba fatal viéndolas. ¿Qué pensaría mi abuela de él? Para mí su opinión era muy importante. ¿Él también querría tener un perro salchicha y una familia estructurada? Pero, lo más importante: ¿querría tener todo eso conmigo?

«Dios mío, ¿por qué tengo que ser tan enamoradiza? Basta.»

Todos esos escenarios se esfumaron cuando me di cuenta de cómo miraba a Valeria. No me juzguéis, pero había visto suficientes documentales de crímenes imperfectos hasta la fecha, lo que me convertía en una pequeña experta en el lenguaje corporal. No estoy diciendo que Nico fuese un asesino en serie, pero estaba claro que estaba muy pillado por Valeria.

Mi mundo había perdido el sentido.

Adiós a las citas en el cine, a la presentación formal a mi abuela y a nuestra familia estructurada cenando pizza un domingo mientras veíamos cualquier película de Disney... junto a nuestro perro salchicha.

El ruido de la puerta abriéndose de golpe hizo que volviese a la Tierra. Una de las enfermeras entró reclamando a Nico en el aula, así que se levantó y, después de despedirse con un corto «Adiós», se fue.

—Puf, está pilladísimo por ti —solté nada más cerrarse la puerta.

—¡¿Qué?! —gritó Valeria—. Ni de broma. En todo caso, tú eres la que está colada por él.

Valeria me conocía demasiado bien, así que era imposible mentirle. Además de que mentir no era uno de mis fuertes.

—Pero ¿cómo me va a gustar? Si ni siquiera es pelirrojo —me defendí.

—En realidad, sí que es pelirrojo. A veces, cuando se te cae el pelo con la quimio, te vuelve a salir, pero de otra manera —me aclaró Valeria—. Mira.

Para asegurarse de que me creía su historia, sacó el teléfono y me mostró el Instagram del chico. Bastante tentador por su parte enseñarme su *user*, pero fui fuerte y no lo seguí. Puede ser que lo estalkease al llegar a casa ese mismo día, pero nada más.

—¿Lo ves? —Valeria me señaló unas fotos bastante antiguas. El chico que me miraba desde la pantalla era un prepúber pelirrojo de pelo liso. Sin duda era Nico, pero su cabello, pelirrojo a más no poder, se veía muy diferente.

—Mierda. ¿Por qué has tenido que enseñármelas? ¿Qué excusa tengo ahora para no querer casarme con él? ¿Lo ves? Mi cabeza ya está imaginando la familia que tendremos, nuestra casa en la playa y hasta nuestro perro. Es un salchicha.

—¡Cómo no!

—No te rías o no te dejaré acariciarlo.

—He sido yo quien te ha presentado a Nico. Me lo he ganado.

—Bueeeno, vaaale.

Capítulo 4

Lola

Los pocos días que quedaban de verano pasaron demasiado rápido y, cuando quise darme cuenta, ya era el primer día de clase otra vez. Era el último año de bachillerato y no sabía muy bien cómo gestionarlo. Siempre tuve muchas dudas en lo que a mi futuro se refería, además de que era algo que me generaba una fuerte ansiedad. Por mucho que intentara no pensar en ello, siempre acababa agobiada o bloqueada con el mismo pensamiento.

—¿Sabes ya en qué carrera te vas a matricular el año que viene? —preguntó mi madre durante el desayuno—. Has tenido todo el verano para meditarlo.

A eso me refería con lo de que me era imposible no pensar en ello: mi madre.

En el colegio siempre fui de las más listas de la clase. Mis notas siempre eran todo sobresaliente menos notable en Matemáticas. Siempre se me dieron mal, y en el instituto fueron la razón de mis pesadillas hasta cuarto de la ESO.

No es que mis padres fuesen muy estrictos, pero sí es cierto que siempre esperaban lo mejor de mí. De manera inconsciente, me presionaron para que fuera la mejor y me convirtiera en la niña perfecta. A diferencia de mi primo, que es lo más parecido a un hermano que tengo, de él siempre han tenido que estar tirando. Una parte de mí sentía que todo el mundo esperaba que llegase lejos y que, para conseguirlo, hacía falta una gran carrera. Aunque eso era lo que pensaba mi familia, no yo.

—Me dijiste que no te preguntara por el tema de la universidad hasta que volvieras al instituto —su voz sonaba desde la cocina—, y vuelves hoy.

—¡Mamá! ¿Tienes que sacar el tema ya el primer día de clase? Parece que tu vida dependa de mi respuesta.

—Eres mi hija. ¿Cómo quieres que no me preocupe por tu futuro? Quiero saber a qué universidad irás, qué carrera estudiarás. No es pedir tanto.

—Pero ¿por qué das por hecho que voy a ir a la universidad? Yo no lo veo tan claro.

—Pero, a ver, Lola. ¿Por qué no quieres ir a la universidad, con lo inteligente que eres?

—No lo soy.

—Pero ¿cómo dices eso con las notas que sacas?

—No hace falta ser demasiado inteligente para sacar buenas notas; con tener buena memoria basta.

—Tener memoria es señal de inteligencia. Eres muy buena en Historia, en Lengua, en Inglés... —insistió mi madre.

—El día del examen sí, pero no me preguntes nada a las dos semanas, porque se me ha olvidado. Eso no es ser inteligente, es ser una máquina de vomitar temario.

Por alguna extraña razón, sentía que mi manera de ver la vida era diferente de la del resto. Aunque fuese muy insegura y me creyese incapaz de lograrlo, tenía la sensación de que en algún momento me dedicaría a hacer algo grande, algo fuera de lo común. Pensar que podía pasarme el resto de mi vida sentada en una oficina, mientras se me derretían las córneas por mirar una pantalla de ordenador, me provocaba pesadillas.

Mi madre siguió insistiendo. Al final, como no pude encontrar una respuesta que le gustara, salí de casa sin responderle. No estaba preparada para continuar discutiendo sobre ese tema. Esa mañana no.

Llegué al pequeño instituto y, una vez que puse un pie dentro, deseé con todas mis fuerzas que fuese mentira. ¿En qué momento había pasado tan rápido el verano? Socorro. Al parecer, todos estábamos exactamente igual, porque las caras de mis compañeros eran un verdadero poema.

Aguardé a Sofía junto a la gran verja de hierro, digna de una cárcel. Siempre esperábamos a estar todas juntas para entrar. Fuera el día que fuese, entrábamos en grupo.

—¿Sabes algo de Valeria? —me preguntó Sofía.

—Hoy tenía una prueba en el hospital, me avisará al salir —respondí.

Como todos los años, la directora nos hacía pasar a la sala multiusos junto al subdirector, el jefe de estudios y nuestros nuevos tutores para explicarnos cómo iba a ser ese último curso. Siempre me pareció gracioso ver a la directora allí, ya que era el único día del año que la veíamos. Después de darnos una charla presuntamente motivadora, aunque nunca lograba transmitirnos esa sensación, cada profesor iba llamando por orden de lista a sus alumnos.

—Lola Sarriá —dijo Antonio en voz alta—. Qué alegría tenerte otro año más en mi clase, señorita.

—Gracias, profe.

Me levanté de mi asiento y me dirigí hacia la pequeña fila

que se formó cerca de la puerta con el resto de mis compañeros de clase. Segundo de bachillerato C, letras puras.

Ya había tenido a Antonio como profesor de Latín y Griego en cursos anteriores, así que me alegraba que fuese nuestro tutor ese año. Todos le teníamos mucho cariño. Era una persona muy peculiar, a la que se le notaba que amaba su trabajo y que sentía una admiración por todo lo que se refería a la Grecia y Roma antiguas. A veces las clases eran más para contarnos cosas sobre lo que hacían en aquella época, sobre todo cotilleos, que para centrarnos en la explicación.

Otro año más en el que Valeria y yo no íbamos a la misma clase. A veces me daba pena pensar que ya no estábamos las tres juntas a todas horas, pero también me alegraba saber que estaba haciendo lo que le gustaba.

Ella estaba en bachillerato artístico, así que solo coincidiríamos en los patios y en algunas asignaturas troncales como Lengua o Inglés. Siempre le había tenido mucha envidia sana porque sabía lo que quería y no se dejaba influenciar por nadie.

Ojalá yo hubiese tenido tan claro qué deseaba hacer con mi vida, me habría ahorrado muchas broncas con mi madre. Siempre entendí que quería lo mejor para mí, ya que ella no tuvo la oportunidad de estudiar, pero para mí la vida no era solamente universidad. Prometí que acabaría bachillerato y me presentaría a selectividad, después decidiría qué hacer, sin la presión de nadie.

Antonio nos llevó a la que sería nuestra aula durante los siguientes nueve meses. Se encontraba en la última planta del centro.

«¿Tan difícil era conseguir un ventilador para esta clase? El calor es inhumano.»

Una vez sentada en el que sería mi pupitre el resto del año, Antonio nos soltó el primer sermón del curso.

—Como os advertí el año pasado, ahora que estáis en segundo de bachillerato, las clases serán mucho más duras. Todo el curso se va a centrar en prepararos para la selectividad.

Cómo odiaba esa maldita palabra, que me había cansado de oír ese año y que me provocaba una pequeña taquicardia cada vez que un profesor la pronunciaba.

Luego Antonio nos preguntó por las vacaciones de verano y nos repartió los horarios.

—Profe, solo te voy a decir que durante estos tres meses no he pisado mi casa —contó David vacilando; lo hacía siempre con todo el mundo y se creía gracioso por ello.

—Me lo creo, seguro que tu madre estará bien contenta —respondió Antonio—. Le habrá hecho la misma gracia que haber tenido que matricularte otra vez en segundo de bachillerato, ¿no?

Historia de España un lunes a primera hora, «que alguien encuentre mis ganas de vivir porque yo no las veo», pensé mientras revisaba el horario.

A casi todos los profesores ya los había tenido anteriormente, así que respiré tranquila. Algunos eran más compasivos que otros con las notas, pero, como suele decirse, más vale malo conocido que bueno por conocer.

Una vez que escuchamos las historias del verano de todos mis compañeros, Antonio nos dejó irnos, por lo que decidimos tomar algo en el bar de al lado del insti. Cogí mi teléfono para ver si tenía algún mensaje de Valeria. No le aparecía el doble *check* en WhatsApp, así que supuse que todavía estaba en el hospital. Allí la cobertura era pésima, sobre todo en la zona de resonancias. Me metí en Instagram, todo el mundo subiendo historias «celebrando» la vuelta a las clases con una cerveza en la mano. Entré en mi perfil y lo que vi hizo que me diera un microinfarto.

@nicoiieee ha solicitado seguirte

Nico había solicitado seguirme. ¡¿Qué narices quería decir eso?! Necesitaba aire. Necesitaba que Valeria me contestara a los mensajes. ¿De dónde había sacado mi Instagram? ¿Por qué quería seguirme si casi ni me había dirigido la palabra la última y única vez que nos habíamos visto? Sabía que Valeria tenía algo que ver en todo eso. Esa chica tenía un serio problema, y no hablo de su enfermedad, sino de su síndrome de celestina.

Mentiría si dijese que no había pensado en Nico aquellas últimas semanas. De hecho, lo estalkeé en Instagram varias veces, pero no lo seguí por pánico. Sé que el físico no lo es todo, pero de verdad que era como si alguien hubiese entrado en mi cabeza para sacar una copia exacta de mi prototipo de chico.

«Es tan idéntico a lo que me gusta que incluso me da miedo.»

—Venga, Lola, ¿por qué tardas tanto? —me llamó Sofía desde la puerta.

—¡Ya voy! —grité, y la seguí pasillo abajo, aunque no podía apartar la vista de la pantalla.

Una parte de mí deseaba conocerlo, no podía evitarlo. Quería saber sus gustos, su color favorito, qué tipo de música escuchaba, si le gustaba viajar, a qué aspiraba en la vida, si quería tener hijos... Sobre todo si quería tenerlos conmigo.

«Frena...

»Ya estoy otra vez. Lola, los pies en la tierra.»

Siendo sincera, lo único que me impedía dar el paso de entrarle por Instagram era lo inalcanzable que me parecía. Un tío como él nunca estaría con una tía como yo. Si llegara a estarlo acabaría cansándose o alejándose por mi poca estabilidad emocional.

«No lo culparía.»

Siempre había tenido la sensación de que era una persona complicada o tal vez difícil de entender. Mis inseguridades me empequeñecían. Siempre había pensado que nunca sería suficiente para nadie. Si tuviese pareja jamás estaría a su altura ni podría darle todo lo que necesitaba.

Mi teléfono empezó a sonar.

Capítulo 5

Lola

—¡¿Dónde estáis?! —gritó Valeria al otro lado del teléfono.

—Estamos en el bar de siempre, al lado del insti —respondí.

Colgó sin que me diera tiempo a preguntarle cómo le había ido en el hospital. Ni por Nico, pero prefería pegarle la bronca en persona. Le iba a caer una buena cuando llegase. Parecía alterada o más bien eufórica, no acababa de entender su grito desesperado por saber dónde estábamos. Avisé al resto de que venía, así que cogimos otra silla y esperamos a que llegase mientras pedíamos otra ronda.

No podía parar de mirar el móvil, y no porque Robert Pattinson saliese especialmente guapo en mi fondo de pantalla. La solicitud de seguimiento de Nico seguía ahí. ¿Por qué me había buscado? ¿Había cotilleado el Instagram de Valeria solo para encontrar el mío? Dios mío, qué vergüenza. Valeria era la típica amiga que solo se fijaba en ella en las fotos y, si el resto salía mal, pues mala suerte. Así que en todas sus publicaciones en las que aparecía mi cara tenía la misma esencia que una ardilla atropellada. Horrible.

«Espero que no haya visto esta foto..., ¡doy miedo!»

Si le aceptaba la solicitud tendría que seguirlo de vuelta, es una norma no escrita entre conocidos. Si lo seguía, ¿estaría esperando a que le entrase yo? ¿Era el tipo de tío que subía *stories* con las que las tías tenían fácil acceso a sus mensajes directos? Tal vez era de los que te respondían con un fueguito. No, la verdad es que eso no le pegaba nada.

—¡Ya estoy aquí! —gritó Valeria con su melodiosa voz (nótese la ironía)—. Tengo muy buenas noticias.

Arrastró la silla que le habíamos dejado preparada para acercarse aún más al grupo e hizo un redoble de tambor.

—¡Me han dado el alta!

Automáticamente, todos levantamos el culo de la silla de un salto y nos abalanzamos sobre ella. No me lo podía creer, estaba demasiado feliz por ella. Había sido un año duro, y me alegraba mucho saber que podría hacer el último año de insti con el resto.

—Pero, entonces, ¿qué? ¿Ahora puedes hacer vida normal? —pregunté.

—Ahora puedo ir a clase con vosotros, aunque mis defensas siguen estando un poco flojas. Solo tengo que hacerme revisiones cada tres meses para controlar que todo vaya bien.

—Creo que voy a llorar —dijo Sofi.

—Con esto quiero deciros que, si tenéis un mínimo de dolor, tos, mocos..., ¡lo que sea!, no os acerquéis a mí, por favor.

Estuvimos un buen rato en el bar, había mucho que celebrar. Hasta que mi madre me escribió un mensaje para reclamarme que fuese a comer a casa.

Me preguntó dónde estaba, siempre necesitaba saber en qué lugar me encontraba, en todo momento. Por un instante me olvidé de que la solicitud de Nico seguía en las notificaciones de mi Instagram, pero cuando Valeria y yo comenzamos a caminar en dirección a casa, fui directa.

—¿Tú sabes por qué Nico quiere seguirme en Instagram?

—¿Yo? —dijo como si le hubiese preguntado si había matado a alguien—. ¿Cómo iba a saber yo eso?

—Valeria, odio que me mientan, y más aún a la cara.

—Vale..., está bien..., puede ser que le haya dicho que te parecía guapo.

A esa chica le acababan de dar el alta, pero daba la impresión de que tenía muchas ganas de perder la vida ese día. ¿Cómo se le había podido ocurrir que eso era buena idea?

—No entiendo por qué has hecho eso, sabes cómo soy y que seguramente le iba a entrar tarde o temprano.

—Tía, llevas cotilleando su Instagram desde que lo viste en el hospital y no has sido capaz ni de seguirlo. ¿A qué estabas esperando?

—Solo necesitaba un poco más de tiempo..., el suficiente como para sufrir el *glow up* que llevo esperando desde que tengo doce años y así poder tener alguna posibilidad con él.

—¡No digas bobadas! —me riñó Valeria dándome un codazo—. Sabes que odio que hables así de ti misma.

—¡Es la verdad! Nico no está a mi alcance y no me apetece nada que me rechace. Estoy harta de pasarlo mal por los tíos.

»Vi cómo te miraba, tía, y se notaba muchísimo que le molabas, aunque te dé por negarlo —añadí, y me dije que, si le gustaba Valeria, era imposible que le gustase yo.

—Normal, porque soy la mejor, pero nosotros no somos más que dos amigos que se han apoyado dentro del hospital. Por eso mismo sé que le gustas.

—Será porque no me conoce. Mi físico es del montón y mi personalidad no me hace ganar puntos. Tengo muchas cosas en la cabeza que asustarían a cualquiera y no me da la gana de volver a pasar por ahí.

—Todo el mundo tiene cosas raras en la cabeza —insistió Valeria quitándole importancia.

—¿Ya no te acuerdas de cómo terminó la cosa con mi ex? Te recuerdo que acabó llamándome «loca» a la cara. Para una vez que me abro con un tío, y reacciona así. Ya no me fío. No me creo que nadie pueda entenderme, y menos quererme.

—Ya veo que es imposible quitarte esas tonterías de la cabeza, pero, anda, hazme un favor y síguelo tú también.

Y eso hice.

Capítulo 6

Lola

Cuando llegué a casa, mi madre ya estaba comiendo. Se avecinaba una bronca por no haber llegado a la hora que me había dicho. Le pedí disculpas, ya que nunca en mi vida me había retrasado ni un minuto del tiempo que ella establecía. Le expliqué que a Valeria le habían dado el alta y que por eso me había despistado con la hora.

—Me alegro mucho de que ya esté bien —contestó—. Acepto tus disculpas, pero espero que no vuelva a ocurrir.

—Gracias.

—Recuérdame que luego llame a su madre. ¿Qué bachillerato está haciendo ella?

—Artes Plásticas —dije mientras le soplaba a mi cucharada de lentejas—. Está muy contenta de poder hacer el último año en el insti.

—¿Artes Plásticas? ¿Con lo lista que es y va a hacer eso que no tiene ninguna salida...?

—Hay gente que prefiere estudiar algo que le gusta o la llena en vez de pensar en qué tendrá más salidas. —Sabía que la conversación no iba a acabar bien—. No sé, dedicarte a lo que te hace feliz..., no como otros.

Sí, tal vez eso último sobró muchísimo, porque la siguiente frase que soltó mi madre fue del todo predecible.

—Yo no tuve la oportunidad de estudiar hasta que fui bien mayor y conseguí un poco de estabilidad en mi vida. —Su tono de voz iba en aumento—. Y aunque sea un trabajo de mierda, es lo que te da de comer. A ver si empiezas a ser un poquito más agradecida con lo que tienes.

Es cierto que mi madre no había tenido las cosas fáciles, pero eso no era motivo para tirar por tierra los sueños de los demás. Ella trabajaba como funcionaria en un centro de salud, es decir, la persona que por mucho que llames para pedir cita nunca te atiende. Soy consciente de lo frustrante que es trabajar de cara al público, me he pasado todo el verano lidiando con padres maleducados en el trabajo. Pero, repito, ¿quién era ella para hablar así de las decisiones que tomaban otras personas sobre su propia vida?

Yo sabía que mi madre tenía un serio problema con la gente que pensaba que podía dedicarse al mundo del artisteo. Es por eso por lo que, aunque se me había pasado por la cabeza estudiar Artes Escénicas, ni se me ocurrió mencionarlo en voz alta. Ya sabía perfectamente la respuesta.

«NO.»

No continué con la conversación, era imposible hablar con ella. Cada vez que lo intentaba acabábamos discutiendo, así que opté por hacer lo mismo de siempre: no decir nada. Estaba harta de que todo terminara siempre en una disputa, por lo que hacía meses que dejaba que ella hablase mientras yo callaba. Siempre acabábamos teniendo las mismas conversaciones: futuro, estudios, universidad, trabajo y futuro otra vez. Me agotaba.

—¿No te das cuenta de que hay gente que tiene hasta dos carreras y está sin trabajo? ¿Vas a vivir del aire o qué?

No sabía cómo hacerle ver que me habría encantado ser de ese tipo de personas que tienen clarísimo a qué quieren dedicarse desde bien pequeñas, pero no era el caso. A veces me hacía sentir como si lo hiciese solo para cabrearla, pero es que no tenía nada que ver con ella. Era muy simple: iba más perdida que el padre de *Nemo* buscando a su hijo en mar abierto.

Continuó hablando ella sola. Por suerte, yo había conseguido desarrollar el superpoder de apagar el cerebro y dejar de escucharla. Nos levantamos de la mesa al terminar de comer y recogimos la cocina en silencio.

Me metí en mi habitación y puse un capítulo de *Aquellos maravillosos 70*. Hice una foto a la pantalla de mi portátil en una escena de Ashton Kutcher y Mila Kunis, y subí una historia a mi Instagram con un montón de emojis de corazones azules. A los diez minutos de poner el capítulo me quedé dormida, la siesta era mi debilidad, y volver a madrugar no me sentaba nada bien.

Capítulo 7

Lola

Me desperté porque mi madre entró de golpe en la habitación.

—Despierta ya o esta noche te acostarás tardísimo; las vacaciones ya han terminado, así que se acabaron las siestas de cuatro horas.

Me gustaría decir que estaba exagerando, pero mis siestas eran de ese calibre. Mi pasatiempo favorito era dormir, y si pudiese ser un animal sería un perezoso, los amo. Me limpié la comisura de la boca con la mano, ya que se me había caído un poco de baba al dormir.

—¿No te han puesto deberes o qué?

—Mamá, hoy solo he ido a la presentación, no sé qué deberes quieres que me pongan.

Cogí el teléfono y mi madre salió de la habitación refunfuñando. Valeria me había escrito.

> Tengo un supernotición, pero quiero esperar a mañana en el patio para contarlo, je, je, je.

Pero qué?! A mí no me puedes dejar así hasta mañana.

Solo son unas horas... Aguanta, que quiero contarlo bien!

A Valeria le encantaba hacerse la chica misteriosa y me parecía admirable, ya que yo era incapaz de serlo. Cuando me pasaba algo siempre pensaba: «Solo se lo voy a contar a una o dos personas y ya», pero nunca aguantaba. Ser una chica misteriosa era misión imposible para mí. Aunque, cuando me pasaba algo que de verdad me hacía sentir mal, nunca era capaz de contárselo a nadie.

Siempre he sido una persona muy intensa, vivo mis emociones como una montaña rusa de subidas y bajadas fuertes. Mientras que la alegría la expreso con los brazos abiertos, la tristeza y los miedos se convierten en una bola en la garganta que soy incapaz de interpretar y siempre me encierro en mí misma. Se me hace complicado incluso escribir sobre ello.

Abrí Instagram y vi que tenía un mensaje directo.

Lol.

Nico me había respondido a la historia con un «Lol». Me dio un pequeño ataque al corazón y respiré hondo. Pero ¿qué narices se podía responder a eso?

Lola: Has visto la serie?

Nico: Estoy viendo el episodio piloto ahora mismo. He visto tu historia y me ha dado curiosidad.

Lola: Guay! Los capítulos son cortos y se ve rápido, para pasar el rato está bien :).

Nico: Eh, qué bueno es el personaje de Ashton Kutcher, no?

Lola: No hace falta que disimules, que ya sé que te mola Mila Kunis.

Nico: Me has pillado. Pero, a ver, no me pueden gustar los dos? Me flipa el vestuario.

Lola: Ya, ya, el vestuario, claro.

Nico: Jajja.

No me lo podía creer, eso estaba pasando de verdad y ni siquiera tuve que forzar nada. La conversación fluía tan natural como si ya nos conociéramos, cuando en realidad solo nos habíamos visto una vez y él casi ni me dirigió la palabra. En ese momento estaba en una nube y no quería dejar de hablar con él, pero tenía que ir a la autoescuela.

Lola: Ojalá marcarme un «tú» y pasarme toda la tarde viendo la serie, pero una tiene que hacer cosas productivas..., o al menos intentarlo.

Nico: Qué hay más productivo que ver una serie tumbado en la cama? Tienes que estudiar?

Lola: No, hoy ha sido mi primer día de segundo de bach y no nos han puesto deberes, pero me estoy sacando el carnet de conducir.

Nico: Y además trabajas.

Lola: Cómo lo sabes?

Nico: Me lo dijo Valeria.

Lola: Ya hablaré yo con Valeria.

Nico: Jaja, no la riñas mucho.

Lola: Y tú? Estás estudiando?

Nico: Yo acabé el año pasado bachillerato, pero paso de estudiar. Después de pasarme un año viviendo en un hospital, me apetece hacer otras cosas.

Ah, y te puedo dar clases de conducir si lo necesitas ;).

¿Perdón? ¿Había dicho que podía darme clases y al final había añadido un emoji de guiño? Lo leí varias veces para asegurarme de que era real. Le respondí con un «Me encantaría» y bloqueé el móvil.

«Creo que me está dando un ataque.»

Ese día la verdad es que no me enteré muy bien de la clase de la autoescuela, pero me importaba bien poco. Hablar con Nico estaba siendo demasiado fácil, la conversación fluía y encima utilizaba emojis de guiños.

Quería preguntarle por el hospital, pero no sabía muy bien cómo hacerlo sin parecer una cotilla o algo por el estilo. Valeria me comentó que los médicos no sabían cómo estaba vivo después de lo avanzada que tenía la enfermedad cuando empezaron a tratarlo. Tenía miedo de preguntar, pero quería saber cómo se sentía después de todo.

Quería saberlo todo de él.

Capítulo 8

Lola

Valeria nos tuvo toda la noche y toda la mañana esperando antes de anunciarnos *la noticia.*

—Deja de hacerte la «chica misteriosa» y cuéntanos el supernotición, ¡por favor! —le rogué.

—Luego. Paciencia.

Quería que estuviésemos todos los del grupo juntos para hacerlo, así que esperamos hasta la hora del primer recreo. No hace falta decir que se me hizo eterno.

Cuando sonó el timbre del descanso, Sofi y yo corrimos hasta nuestro banco gris de piedra, que se encontraba delante de la cantina. Cada curso tenía su sitio en el patio y, como ese año éramos los mayores, nos tocaba el mejor sitio. Llegar a sentarte en ese banco era el *peak* del instituto, como diría Bad Bunny.

—Bueno, bueno, bueno... ¿Por qué no nos cuentas con quién estuviste hablando ayer hasta las tres de la mañana? —me vaciló.

«¿Le ha contado que hablamos?»

Creo que en mi vida me había puesto tan roja. Sé que le molestó, aunque fuese un poquito, enterarse por Nico antes que por mí...

—Te lo iba a contar, lo juro —me defendí—. Pero suelta la noticia ya, por favor.

Puso los ojos en blanco y su cuerpo se giró hacia el resto del grupo. Ella sabía que yo se lo iba a contar, pero entendía que prefería enterarse por mí y no por Nico. La verdad es que no se lo expliqué al momento porque pensé que él no se lo diría. ¿Por qué lo había hecho?

—¡Redoble de tambor! —El sonido que hizo se parecía a cualquier cosa menos a un tambor—. ¡Fiesta en mi casa el sábado por la noche por mi recuperación!

—Pero ¿qué dices, tía? —soltó Sofi—. ¿Cómo has convencido a tus padres?

—Les he dicho que se merecían un descanso después de tantos hospitales.

Me pregunté si iría Nico, pero Valeria interrumpió mis pensamientos pidiéndonos consejo sobre la lista de comida y, sobre todo, de bebida.

—¡Que no falte tequila! —exclamó Sofi.

Después de la noticia no tardé ni medio segundo en escribir a mi compañera Ana para que me cambiara el turno y así tener toda la tarde del sábado libre.

Cuando sonó el timbre, me dirigí a la segunda planta junto a Valeria y Sofi, porque tocaba Historia del Arte.

—Puedo ir un poco más temprano a tu casa y así te ayudo a organizarlo todo antes de que lleguen los demás —le ofrecí a Valeria.

—Sí, claro —contestó ella seca, y cambió de dirección.

No pensé en el «problemilla» con Valeria más de la cuenta. Sabía que, en cuanto le diese todos los detalles de la conversación con Nico, se le pasaría, pero la verdad es que no me gustaba que se pusiera así. De todas formas, llevábamos muchos años siendo amigas, estaba acostumbrada y sabía cómo actuar cuando se ponía de esa manera.

Sentí cómo el teléfono empezaba a vibrar en el bolsillo trasero de mis vaqueros, pero no lo miré.

«¿Será Nico?»

Siempre me sentaba en primera fila y no quería jugármela. Seguramente sería tan pringada que me pillarían y me lo quitarían. Prefería no pasar por ahí.

La profesora de Historia del Arte era también mi profesora de Historia de España. Era una mujer con un historial de suspensos bastante extenso, pero ya la conocía de años anteriores y sabía cómo quería las cosas en su clase.

Presta atención, no des por saco y aprueba sus exámenes. Fácil.

No había más. Si alguien aprobaba sus exámenes era con un cinco *pelao*, y puedo decir con la cabeza bien alta que yo era una de ellas. No aspiraba a más en ninguna de sus clases, era imposible alcanzar una nota más alta.

—¿Cómo puede estar tan amargada? —susurró Sofi.

—A saber. Se caería en una marmita de limón cuando era pequeña.

Entendía el cabreo de Sofi. Ella necesitaba nota para entrar en la carrera, y tener a esa profesora en dos clases hacía que su media bajara muchísimo. No admitía trabajos extras, ni repetir exámenes para subir nota. El examen trimestral era lo único que importaba, y esa nota era la que aparecería en el boletín final.

Al acabar las clases esperé a Valeria en la puerta principal para coger el bus de vuelta a casa. Era mi momento para contarle todo lo que había hablado con Nico. En ese instante me acordé del mensaje que me había llegado en clase.

¿Qué tal el día?

Era él.

No os voy a engañar, quería saber si él me iba a escribir hoy. El último mensaje eran mis «buenas noches», así que la pelota estaba en su tejado y tenía que escribirme él.

Todavía acostumbrándome a la cárcel, y tú?

He estado en el hospi, me agotan siempre que voy, jaja.

Y eso? Ha pasado algo?

No, tranquila. Solo tenía revisión, pero siempre subo al aula a ver a los profes. María tiene el don de meterme en alguna actividad con los críos cuando estoy deseando irme a casa :).

María era una de las profes del hospital, se lo curraba muchísimo y tenía una característica voz de pito que se oía por toda la planta de oncología. En la quinta, había muy pocos adolescentes, por lo que los profes siempre se volvían locos intentando hacer actividades que pudieran entretenerlos. Según Valeria, tener cáncer y ser adolescente te encerraba aún más que al resto.

Era cierto, yo lo viví con ella. Los primeros meses en los que estuvo ingresada no podíamos ir a verla por sus inexistentes plaquetas. Aun así, casi nunca contestaba a los mensajes, intentaba llamarla y siempre me lo cogía su madre... Al final me di cuenta de lo duro que tenía que ser para ella. Todos sus amigos estábamos viviendo una adolescencia «normal». Nunca me ha gustado utilizar esa palabra. Salíamos, bebíamos, pasábamos por nuestros dramas adolescentes, mientras ella se encontraba tumbada en una cama y enganchada a una bomba que no paraba de administrarle medicación.

—¿Me vas a contar ya tu mágica conversación de anoche o qué?

«Ya no ha sonado tan molesta.»

Capítulo 9

Lola

Como ya sabía, Valeria solo necesitaba un par de horas separada de mí para que se le pasara el enfado. Subimos al bus y la parte trasera se convirtió en «radio patio» durante todo el trayecto de vuelta a casa.

—Primero quiero saber qué es lo que se supone que te ha dicho.

—Ah, o sea que ¿hay cosas secretas que no puedes contarme? ¡Serás marrana!

—¡No es eso, idiota! —Le di un golpe en el hombro—. Solo es que estoy sorprendida porque no esperaba que te enteraras por él antes que por mí.

—Ya somos dos... —repuso con retintín—. Me dijo que usó una excusa de mierda para hablarte y que al final la conversación iba fluyendo como si os conocierais de toda la vida.

«¿Mi historia era la excusa que estaba buscando para hablarme?»

Mi plan había funcionado a la perfección, pero lo más importante era que él se sentía igual que yo.

En mis pocas y trágicas experiencias con chicos siempre había tenido que darles mil vueltas a los mensajes antes de enviarlos. Debía pensar de forma estratégica qué iba a escribir para que la conversación siguiera y no se quedara parada con un «Jajaja» o un «Me gusta» al mensaje. Con Nico, como él le había dicho a Valeria, todo fluía. Como si ya nos conociéramos de antes.

—¿Cuándo vais a quedar?

—Todavía no hemos llegado a esa parte. Frena un poco, McQueen.

—Pero está clarísimo que te mola; ¿por qué no le dices de veros?

—No lo conozco, no puedo decir que me gusta.

«Mentira.»

—Como si a ti te hiciera falta conocer a alguien para que te gustase... —Se rio a carcajada limpia.

«Pillada.»

—A ti solo te hace falta tener el flechazo y luego ya te pegas la hostia. Porque cuando los conoces bien y descubres que van a ser tu nuevo trauma, ya se te quita la ilusión.

—Odio que me conozcas tan bien.

—Es lo que tiene ser tu grano en el culo...

Los ojos de Valeria se abrieron como platos y una sonrisa malvada se formó en su boca. Eso solo podía significar una cosa: un plan digno de una celestina.

—¿Por qué no invito a Nico a la fiesta del sábado? —Se levantó porque estábamos llegando a su parada—. ¡Es perfecto!

—Valeria, para.

—¡Nada puede parar mi alma de celestina! —gritó mientras se bajaba del bus.

Pánico. Miedo. Terror.

Pero si ya tenía unas ganas tremendas de que llegara el sábado para celebrar el alta de Valeria y pegarme la fiesta de mi vida con mis amigos..., ahora se les sumaban las ganas de volver a ver a Nico.

Capítulo 10

Lola

Nico y yo seguíamos con nuestras conversaciones nocturnas hasta las tantas de la madrugada. Una parte de mí sabía que no podía estar despierta hasta tan tarde. Necesitaba mis ocho horas de sueño o más. Al día siguiente se me cerrarían los ojos en clase, y apenas me iba a enterar de las explicaciones, pero no podía parar de hablar con él. No quería.

Como era de esperar, Valeria había hecho de las suyas. Nico estaba más que invitado a la fiesta, así que el tema no tardó en salir en una de nuestras conversaciones.

Vas a la fiesta de Valeria?

Claro! He cambiado el turno de trabajo y todo para pegármela bien.

Uy, miedo me das. Ron o ginebra?

«Este tío no sabe dónde se mete.»

Ginebra limón siempre 😊. Tú?

Yo siempre cerveza, pero si tengo que elegir..., roncola.

Tampoco le hago ascos a la cerveza.

Ahora te hablo, que voy a hacerme el skincare... Jajajaja.

Mi rutina de *skincare* era sagrada para mí. La verdad es que no tenía ni idea de para qué servían los potingues que me ponía en la cara, pero, según un *tiktok* de pieles grasas, tenía que hacer aquel ritual todas las noches.

Me coloqué una diadema con las orejas de Shrek en el pelo para apartarlo de la cara y mi teléfono empezó a vibrar.

«Videollamada de Nico.»

Seguramente le había dado sin querer al botón, a mí me pasaba a veces por querer cotillear la foto de perfil de alguien. Así que no lo cogí.

Mi teléfono volvió a vibrar. Mensaje de Nico:

Cógelo, anda, que quiero ver tu skincare.

En ese momento estaba preciosísima, pero el primer paso era desmaquillarme. No me atraía la idea de que Nico viese mi cara de momia sin maquillaje.

Pocas veces me veía bien sin ir maquillada. Ya nunca salía de casa sin hacerme el *eyeliner*. Alguna vez se me había ocurrido ir sin mi icónica raya negra en el ojo al instituto y siempre me preguntaban si estaba enferma. Estaba segura de que era en tono irónico, pero también pensaba que lo decían porque, sin el *eyeliner*, quedaba más a la vista mi cara de muerta recién levantada.

«¿De verdad vas a desaprovechar una videollamada con él?»

Lo cogí.

Estaba en lo que deduje que era su habitación, tumbado en la cama. No se lo veía muy bien, ya que la poca luz que le iluminaba la cara era la de la pantalla del teléfono.

«Qué guapo, uf.»

—Me encanta tu diadema de Shrek.

—¿Te gusta Shrek? Estás ganando muchos puntos hoy.

—¿Y para qué se supone que son esos puntos? Si se puede saber, claro.

Sentí cómo mis mejillas ardían.

«Puntos para ser mi futuro marido.»

—¡Empecemos con el *skincare*!

Nico cogió un papel y, mientras yo iba paso por paso, él hacía como que anotaba todo. Me hacía muchas preguntas, y empecé a pensar que era uno de esos chicos de Twitter a los que llaman «hombres escritos por una mujer». Estaba muy atento a lo que le explicaba y me pareció curioso, ya que a cualquier otro tío no se le habría ocurrido llamarme para ver cómo me lavaba la cara.

Aunque la clase de cuidado de la piel terminó, la videollamada siguió hasta las dos y pico de la mañana. Mi habitación y la de mi madre estaban muy cerca, por lo que solo podía susurrar para que no me pillara despierta a esas horas.

—Estás muerta de sueño.

—¿Yo? —Se me escapó un bostezo—. ¡Qué va!

—Ya veo que mentir no es tu fuerte. Por cierto, qué piel tan brillante se te ha quedado después de esa limpieza profunda que te has hecho. Parece el culito de un bebé.

—Pero ¿cómo eres tan vacilón? No me lo voy a tomar a malas porque sé que solo me tienes envidia y quieres hacer una sesión de *spa* conmigo.

—Uf, me has pillado. Anda, buenas noches, preciosa Fiona.

Me llevé la mano a la diadema, que aún llevaba puesta.

—Sí, preciosísima. Sin maquillar y muerta de sueño.

—El experto aquí soy yo, así que no me lo discutas. Venga, a descansar. Buenas noches.

—Buenas noches. —Sonreí, más contenta de lo que había estado en mucho tiempo.

«Mañana, por fin.»

Capítulo 11

Lola

La semana pasó volando y, cuando quise darme cuenta, volvía a estar vestida con mi tutú rosa a las once de la mañana, aguantando a las niñas del demonio.

—Mil gracias por cambiarme el turno —le dije a Ana cuando llegó al local—. Te debo una.

—No te preocupes, tía, me ha venido genial cambiarlo.

Por la cara que llevaba, parecía que se había pegado la fiesta de su vida la noche anterior.

—Que te sea leve la tarde con la resaca...

—Gracias. —Suspiró—. ¡Pásalo bien!

Mi turno acabó a las tres. Fui a casa para comer algo y arreglarme, ya que había quedado con Valeria en que iría antes para ayudarla con los preparativos.

Desde que nos había contado lo de la fiesta, no había podido dejar de pensar en mi *outfit* para la ocasión.

Decidí ponerme un vestido de flores que se anudaba en la zona del pecho, lo que resaltaba una de las pocas partes que me gustaban de mi cuerpo. No era ajustado, por lo que me hacía sentir segura y, sobre todo, cómoda. Además, tenía el largo perfecto, no llegaba a pisarlo y no se me veían las piernas. ¡Odiaba enseñarlas!

No era el tipo de persona que se vestía para impresionar a otros, pero en el fondo pensé que quería verme bien para que Nico no pudiese dudar, ni por un segundo, de que era la futura madre de sus hijos.

Había pasado un mes desde que nos conocimos en la habitación del hospital. Recordé lo borde que me pareció en ese momento, y en cambio ahora llevábamos casi dos semanas hablando sin parar.

Cuando llegué a casa de Valeria todo estaba casi preparado.

«¿Para qué narices me dice que venga antes si ya lo ha hecho todo ella?»

Entré en la cocina y la mesa estaba llena de comida, parecía que la fiesta fuera a durar una semana. La madre de Valeria cocinaba comida de dioses, estaba deseando hincarle el diente a su tortilla de patatas.

—Lleva lo que queda de bebida en la despensa a la nevera de la piscina, porfi.

—¿Y la comida?

—Eso un poco antes de que llegue la gente, hace mucho calor y no quiero que se estropee nada.

«Menos mal que me he puesto tres litros de colonia antes de salir, siento que el desodorante me está abandonando.»

Empecé a llevar la bebida a la otra nevera como me había pedido Valeria. Su casa era enorme y estaba pegada a la playa, me encantaba. Me gustaba soñar que mi casa con mi familia estructurada y mi perro salchicha se parecería a esa.

El patio de la piscina era el que quedaba al lado de la gran barbacoa y al que primero le daba la sombra por la tarde. Valeria y yo nos pasábamos las tardes allí antes de que la ingresaran.

Cuando acabé, decidí ir al aseo, ya que, como he mencionado antes, sentía que el desodorante empezaba a abandonarme.

—¡Dios mío, perdón! —grité mientras cerraba la puerta de golpe.

Sentí cómo me ardían las mejillas. Había pillado a Nico meando de pleno.

—Menos mal que estaba de espaldas —dijo mientras salía del baño.

«Qué vergüenza.»

—Lo siento, no sabía que estabas aquí.

—No te excuses, si querías entrar en el baño conmigo solo tenías que decirlo —me vaciló.

«¿Eso ha sido una tirada de caña en toda regla o estoy soñando?»

—¿Todo bien por aquí?

Valeria interrumpió y la fulminé con una de esas miradas de «Esta me la guardo». Estaba claro que me había hecho una encerrona para que Nico y yo estuviésemos en la casa antes de que llegara el resto. En ese momento quería matarla.

—Todo perfecto —respondí con la sonrisa más falsa que había puesto en toda mi vida.

—Nico, ¿puedes enchufar el altavoz? Eres la única persona a la que mi padre le ha enseñado cómo funciona y lo ha entendido a la primera.

Él entró a por el altavoz y me quedé a solas con Valeria.

—¡¿Por qué no me habías dicho que estaba aquí?! —susurré, pero gritando—. ¡Acabo de interrumpirle el pis porque no sabía que estaba en el baño!

—¡¿Se la has visto?!

—Pero ¿cómo eres tan cerda? —Le di un golpe en el hombro—. ¡No! Pero casi...

Las dos empezamos a reírnos a carcajada limpia. La situación me había dado mucha vergüenza, pero había que admitir que tenía gracia.

Le conté la tirada de caña después del encontronazo en el baño y Valeria se quedó blanca. Por lo que me había explicado de Nico antes de que empezáramos a hablar, era un chico muy reservado que casi no hablaba con nadie y al que le costaba mucho expresarse. Por otro lado, yo estaba conociendo a alguien totalmente distinto de lo que ella me había dicho. Ver que, en algunas ocasiones, era muy directo nos sorprendía muchísimo.

Terminamos de preparar la mesa, colocamos algunas guirnaldas de colores que había comprado la madre de Valeria y la gente empezó a llegar. No era una macrofiesta, porque, siendo sincera, no teníamos tantos amigos como para llenar la casa. Los suficientes para pasar un buen rato y, lo más importante, celebrar el alta de la anfitriona.

Capítulo 12

Lola

Valeria era una gran anfitriona: en el momento que te veía con las manos vacías, ya te estaba trayendo algo de beber. Así fue como, sin darme cuenta, a lo tonto ya llevaba tres botellines de cerveza.

Digamos que no me sentía muy orgullosa de lo que hacía mi yo bajo los efectos del alcohol, así que decidí llenarme el estómago de comida y beber un poco de agua para compensar. Me daba mucho miedo que Nico me viese borracha.

—¿Agua? —dijo una voz que se acercaba por detrás de mí—. Estoy sorprendido.

—No te recomiendo ver mi versión borracha...

—¿Y eso por qué?

—Digamos que da mucha vergüenza ajena, prefiero ser la mamá del grupo y cuidar del resto.

Pocas veces bebía de más, ya sabía cuál era mi tope. Después de muchas experiencias vergonzosas, no me gustaba recordar lo que había hecho la noche anterior. Y a eso había que sumarle que me moría por el dolor de cabeza y las náuseas mañaneras.

En realidad, nunca había hecho nada fuera de lo normal en una adolescente bajo los efectos del alcohol: hablarle a tu ex, decirle de todo menos guapo, vomitarle en los zapatos a alguien, mear entre dos contenedores y que una señora te tirase un cubo de agua sucia... Lo más normal del mundo.

Lo que de verdad me daba miedo era que todos mis pensamientos más profundos y que era incapaz de expresar en voz alta siempre salían a la luz cuando bebía de más. Por suerte, mis amigas iban siempre mucho más pasadas que yo y al día siguiente no se acordaban de nada.

—En ese caso —pegó un sorbo a su botella y la dejó en la mesa—, esta será mi última cerveza.

—Gracias por compadecerte de mí. —Hice un puchero—. Pero no he dicho que no vaya a beber más, solo voy a moderar el ritmo.

—Bueno, yo tengo que coger el coche luego, así que también *moderaré* el ritmo.

Sin darme cuenta, el sol se fue y Valeria subió el volumen de la música. *Callaíta* de Bad Bunny empezó a sonar por el altavoz, y Sofi y yo nos volvimos locas. Había sido la canción del verano y no podíamos escucharla sin dejarnos la voz cantándola.

—¡Creo que es hora de empezar con los cubatas! —gritó la anfitriona.

Recogimos la mesa con los platos vacíos, parecía que no habíamos comido en años, y sacamos toda la bebida. Aquello era idéntico a la barra libre de una boda.

—¿Qué haces que no estás bebiendo? —me reprochó Valeria.

—Ya sabes cómo me pongo, y no quiero pasarme.

—Porfi... —Puso los ojitos del Gato con Botas—. Es mi fiesta de recuperación, un día es un día...

Y así fue como, después de un poco de chantaje psicológico por parte de mi amiga, en mi mano no faltó un cubata de ginebra limón en lo que quedó de noche.

—Chavales, ¿jugamos un «Yo nunca»? —propuso Marcos.

«Qué típico.»

Marcos era mi mejor amigo del colegio y, aunque en el insti habíamos perdido un poco más el contacto porque no nos tocó ni un año de secundaria juntos, seguíamos estando en el mismo grupo. Llevaba pillado de Sofi desde primero, así que supuse que jugar a «Yo nunca» podría ayudarlo un poco a conseguir algo más de información sobre ella.

Nos sentamos de nuevo a la mesa donde habíamos cenado y me aseguré de que Nico estuviese en mi campo de visión para ver cuándo bebía y cuándo no.

Ese juego me parecía bastante aburrido porque siempre salían las mismas preguntas, pero era una forma tonta de beber, y supongo que eso era lo atractivo.

—Yo nunca he perdido la virginidad —se lanzó Sofía.

—Sofi, la gracia del juego es decir algo que no has hecho para ver si el resto sí —le recordó Valeria, y todos nos echamos a reír—. Además, la virginidad no existe.

Podría decirse que Sofi empezaba a estar un poco *tinkiwinki.*

—Joder, pues no se me ocurre ninguna otra cosa, así que bebed.

Me fijé en si Nico había bebido, estaba claro que lo iba a hacer. Quería saber si él estaba tan interesado en mis respuestas como yo en las suyas.

Como ya sabía, salieron las mismas preguntas de siempre.

«Yo nunca me he liado con alguien y me he arrepentido después.»

«Yo nunca he bebido hasta no acordarme al día siguiente.»

«Yo nunca me he liado con más de dos en una noche.»

—Yo nunca me liaría con alguien de aquí.

«Valeria, te odio.»

—Quiero sinceridad —recalcó.

En ese momento se me olvidó lo que significaba *disimular* y mi mirada fue directa hacia Nico. Para mi sorpresa, él ya me estaba mirando y, sin quitar sus ojos de mí, le dio un trago a su cerveza.

¿Acaso me estaba retando?

Culparé al alcohol el resto de mi vida por lo que pasó después. Cogí mi cubata y me bebí lo que quedaba en el vaso. Mientras empezaba a ver el fondo del mismo, el resto comenzó a gritar «¡Hidalgo, hidalgo!».

«¿Cuántos cubatas llevo? ¿Dos, tres, cuatro?»

Me entró un subidón repentino y el calor del alcohol inundó mi cuerpo. Perdí el control por completo y pasó lo que llevaba intentando evitar toda la noche.

Pido disculpas de antemano por el momento *pick me* que vais a leer a continuación.

—¡Todos a la piscina!

Salté con la ropa puesta y, una vez en el agua, sentí cómo el resto se tiraba detrás de mí. El agua seguía caliente, y eso que estábamos a finales de septiembre. Ahora soy consciente de que tal vez fuese el alcohol lo que me hacía notarla así.

¿Qué pasó después? Ni me acuerdo.

Capítulo 13

Nico

—¡Todos a la piscina!

Lola saltó al agua con la ropa puesta y el resto de los que estaban allí la imitaron.

«No voy lo suficientemente borracho como para hacer eso.»

De hecho, no iba nada borracho.

Lola me sorprendió mucho en el juego de «Yo nunca». Cada vez que intentaba ser un poco más directo con ella, enseguida cambiaba de tema o se quedaba callada. Es por eso por lo que me pareció raro todas las veces que había bebido con las preguntas de sus amigos. También me pareció gracioso cómo me miraba de reojo para ver cuándo bebía yo. Se le daba demasiado mal disimular.

Pero, sin duda, mi momento favorito fue cuando Valeria preguntó si se liaría con alguien de la fiesta. Ya sabía que Lola no era experta en disimulo, pero ver cómo sus ojos me buscaban al oír la pregunta... Uf. Antes miró a su amiga como si quisiera matarla. Por suerte, no se enteró de que fui yo quien le pidió por mensaje a Valeria que lo preguntara, o esa mirada que me volvía loco me habría taladrado a mí.

—Tengo frío.

Oí una voz detrás de mí, la voz de alguien que temblaba como un chihuahua. Lola había salido del agua y estaba empapada de pies a cabeza, de modo que su vestido de flores quedaba perfectamente pegado a su figura.

«Para. No vayas por ahí.»

Como pude, la acompañé a la habitación de Valeria, ya que, como de costumbre, me había traído una sudadera.

Nos quedamos mirándonos en silencio unos segundos. No sé qué estaría pensando ella, pero mis pensamientos iban a mil por hora.

Carraspeé antes de ofrecerle la sudadera.

—Póntela, traeré una bolsa para que metas la ropa mojada.

Salí de la habitación para que se cambiara tranquila, y cuando se volvió a abrir la puerta no pude evitar reírme. Mi sudadera verde le quedaba por las rodillas, no me había dado cuenta de lo bajita que era hasta ese momento.

—¿Quién narices se trae una sudadera con el calor que hacía esta tarde? —Casi no se la entendía al hablar.

—De nada —le vacilé—. He pasado un cáncer; si puedo evitarme un resfriado, mejor.

Se le escapó una sonrisilla y, acto seguido, su cuerpo cayó redondo en la cama de Valeria. Creo que nunca había hecho una broma de las mías con ella. Me gustó que no se asustara como solía hacer el resto cuando soltaba un comentario de ese tipo, aunque tal vez simplemente el alcohol estaba ganando la batalla.

—¿Me llevas a casa, porfi? —me pidió medio dormida.

—Te llevo si me prometes que, en lo que tardo en decirle a Valeria que nos vamos, tú no cerrarás los ojos ni te moverás de aquí. ¿Prometido?

—Te lo prometo —dijo mientras levantaba el meñique para enlazarlo con el mío.

—Estás haciendo la promesa con los ojos cerrados...

—¡Perdón, perdón! —Abrió sus enormes ojos azules—. Estaba descansando la vista.

Salí de la habitación y fui directo a buscar a Valeria a la piscina. Algunos habían salido ya del agua y la anfitriona estaba repartiendo toallas para que sus invitados no muriesen congelados.

—¿Dónde está Lola? —preguntó Sofi con un cubata en la mano.

«¿Cómo puede seguir tragando alcohol ese pequeño cuerpo?»

—Ha ido a la habitación de Valeria a cambiarse, voy a...

No me dio tiempo a acabar la frase.

—¡¿Que vas a hacer qué?! —interrumpió Valeria—. Nico...

—¿Puedes tranquilizarte? Solo la voy a llevar a su casa. Va muy mal y me lo ha pedido.

—Como mañana me llame contándome que has hecho algo que no debías..., te quedarás calvo otra vez, y no por la quimioterapia.

Me reí y, aunque Valeria lo decía muy en serio, también se rio. Me encantaba ver que, después de todo el tiempo que habíamos pasado juntos en el hospital, se le había pegado un poco de mi humor bruto.

Volví a por Lola y, sorprendentemente, seguía despierta, tal cual estaba antes de que me fuese de la habitación. Se levantó y caminó hasta la entrada de la casa.

—Yo siempre cumplo mis promesas...

—Ya veo. —Sonreí—. Pensaba que iba a tener que llevarte en brazos.

—Oh. —Abrió un poco los ojos sorprendida, como si se arrepintiera de no haber aprovechado la oportunidad de recrear una escena a lo *Guardaespaldas*, pero enseguida se le volvieron a entornar los párpados. Parecía que eso era lo máximo que podía abrirlos. La verdad es que no sé cómo llegamos a mi coche sin que tropezara ni una sola vez, pero lo conseguimos.

Una vez dentro, apoyó la cabeza en la ventanilla y comenzó a guiarme hasta su casa. Quería hablar con ella sobre la fiesta, sobre nosotros. Antes de la fiesta había pensado en mil cosas que me apetecía preguntarle, pero ya solo indicarme el camino a su casa parecía suponerle un gran esfuerzo.

—Es aquí —anunció al llegar.

—Te acompaño a la puerta.

—¿Solo hasta la puerta?

Si tenía dudas, en ese instante se me despejaron: Lola iba muy pasada de copas.

—Subo contigo para que no te quedes frita en el ascensor.

Juro que no tenía intención de quedarme, pero en ese momento descubrí algo más: no se me daba nada bien decirle que no a Lola.

—No me dejes sola esta noche, por favor —me rogó.

«Estás perdido, amigo.»

Capítulo 14

Lola

Un horrible dolor de cabeza me despertó. Miré el teléfono para ver la hora: las 10.40. Todavía me daba tiempo a dormir un poco más antes de entrar a trabajar.

La persiana de mi habitación estaba bajada por completo, y me pareció extraño. Me daba pánico la oscuridad y siempre dejaba que entrara un poco de luz de la calle.

«Con el ciego que llevaba ni pensé en lo oscuro que estaba.»

Me levanté de la cama porque me iba a explotar la vejiga del líquido que había tragado la noche anterior, y me di cuenta de que llevaba una sudadera verde.

«Nico.»

Salí de la habitación y cuando pasé por el salón me lo encontré durmiendo en el sofá. Tenía una posición un poco extraña y la boca entreabierta, pero si él estaba cómodo, no iba a ser yo quien lo juzgara.

«Joder, es que está guapo hasta dormido.»

Volví a mi habitación sin hacer ruido. Lo de hacer pis lo dejé para otro momento y cogí el teléfono de nuevo.

Valeria..., ¿me puedes explicar qué hace Nico en mi sofá?

QUÉÉÉÉÉÉ??? LO SABÍA LO SABÍA LO SABÍA.

VALERIA, QUÉ ESTÁ PASANDO?!

JODER, TÍA, TE LO HAS TIRADO???

QUÉÉÉ?! NO!!!

«Por lo menos, yo no me acuerdo...»

Salí de nuevo para ir al baño y Nico seguía dormido. Me empezaron a venir *flashes* en casa de Valeria, pero no recordaba en qué momento había invitado a Nico a subir a casa y a quedarse a dormir. Me miré en el espejo y me asusté.

«Tremenda cara de zombi, amiga.»

Pero, aun estando borracha, me había acostado con el *skincare* hecho, ya que no había ni un rastro de maquillaje en mi cara. Salí del cuarto de baño y cerré la puerta sin hacer ruido.

—Buenos días —dijo con un bostezo.

Sentí cómo el pulso se me aceleraba. Tenía demasiadas preguntas en la cabeza.

«¿Qué haces aquí? ¿Por qué estás durmiendo en mi sofá? ¿Ha pasado algo? ¿He dicho algo raro? Si ha pasado algo y no me acuerdo, soy una completa desgraciada. RECUERDA ALGO, ESTÚPIDA.»

—Buenos días..., ¿has dormido bien?

—Sí, bien. —Se empezó a estirar—. Siento haberme venido al sofá, pero, aunque *me insististe muchísimo* en que me quedara contigo, no me dejabas hueco en la cama. —Se rio.

«Me insististe muchísimo.»

En ese momento le pedí al universo que abriese un agujero negro en medio del salón por el que poder meterme y no salir nunca más al exterior. A saber qué más cosas le había dicho...

—¿Café?

«Muy bien, cambia de tema.»

—Lola..., no pasó nada.

En ese instante sentí que mis pulmones volvían a recordar cómo se respiraba, pero enseguida me volvió a faltar el aire. Habíamos estado juntos, en mi cama, ¿y no había pasado nada?

Me saltaron todas las alarmas. Estaba claro: no le gustaba ni un poco. NADA.

—Me pediste que subiera porque tu madre no estaba.

«Por Dios, es que la situación empeora por momentos.»

—Por un instante te volviste un poco lúcida, o eso parecía —continuó—. Sabías que ibas un poco tocada por el alcohol y no querías quedarte sola.

Justo en ese instante empecé a recordar un poco. La piscina, el frío, la sudadera verde, su coche, el camino hasta aquí mientras lo guiaba y esa conversación durante el trayecto.

Mi madre siempre pasaba los fines de semana en casa de su novio, así que yo me quedaba sola. Como suele decirse, yo estaba más sola que la casa, pero siempre había sido una persona muy independiente, me encantaba ir a mi rollo, y el hecho de que mi madre se fuese los findes era una completa gozada.

Sin embargo, aunque me encantaba estar sola, había momentos en los que me daba miedo. Cuando oía un ruido en el salón a las tres de la mañana, tener que levantarme a hacer pis si ya me había metido en la cama... Pero, sobre todo, me daba pánico estar sola cuando había bebido.

—Gracias por quedarte.

—¿Estás bien? Parecías preocupada.

De repente se apoderó de mí esa sensación de cuando alguien te pregunta: «¿Estás bien?», y sientes un nudo en la garganta. Es como si *la pregunta* tuviera la llave para convertirte en un mar de lágrimas.

Me sentía a gusto con Nico, pero todavía no estaba preparada para abrirme en canal con él. Tenía miedo de volver a cagarla. La última vez que conseguí contarle a alguien lo mismo que a mi psicóloga en consulta salió corriendo. No quería que pasara eso con Nico.

—Está bien, no hace falta que me lo cuentes ahora.

Se acercó a mí y me envolvió con sus delgados brazos. Mi cara quedó a la altura de su pecho y él apoyó la barbilla en mi cabeza. Puedo jurar que fue uno de los mejores abrazos que me habían dado hasta el momento. Olía tan bien y desprendía tanta calidez...

«Nico, ojalá no seas la razón por la que tenga que volver al psicólogo.»

Capítulo 15

Lola

La mañana pasó rápida. Al final se hizo tarde para desayunar, así que directamente me preparé la comida, ya que entraba a trabajar a las tres. Unos macarrones con tomate para curar la resaca, lo mejor de este mundo.

La cocina de mi casa era abierta y tenía una barra americana. Mientras yo cocinaba, Nico se quedó sentado en una de las banquetas. No paraba de mirarme mientras preparaba la comida, lo que me ponía un poco nerviosa.

—No se me da muy bien cocinar, pero deja que te ayude.

—De verdad que no. Observarme será tu única aportación a estos macarrones.

Odiaba que la gente entrara en la cocina mientras estaba cocinando. El espacio era muy pequeño, y me ponía de los nervios que alguien estuviese ahí también. Pero entendía que quisiera ayudarme y se lo agradecí. Con mis amigos me pasaba igual cuando venían a casa, pero ya me conocían y no insistían en ayudarme.

Me tomé una pastilla para el dolor de cabeza y recé para que se me pasara rápido. Sabía que la tarde en el trabajo iba a ser larga y no quería añadirle los estragos de mi borrachera.

—*Bon appétit!* —le deseé mientras dejaba los platos en la barra.

Soy consciente de que los macarrones no son difíciles de hacer, pero yo siempre les daba mi toque y me salían riquísimos.

«¿En qué momento hemos llegado a esto?»

Solo llevábamos un par de semanas hablando, casi ni nos conocíamos. ¿Cuál era su color favorito? ¿Mar o montaña? ¿Su estación predilecta del año? ¿Cantante preferido? ¿Estaba tan pillado por mí como yo por él?

A pesar de que no sabía la respuesta a ninguna de esas preguntas, tenía la sensación de que nos conocíamos desde hacía muchísimo tiempo. Era una sensación que nunca había vivido con nadie. No sabría explicarlo.

Ahí estaba, a mi lado, comiendo los macarrones que yo había preparado. ¿Por qué me sentía tan cómoda con él?

—¿Hice bien tu rutina de *skincare*?

Su voz me devolvió a la Tierra.

—¿Cómo?

—Suponía que no te acordarías, pero anoche empezaste a decir que no podías acostarte maquillada cuando estaba intentando meterte en la cama.

«Oh, oh. Querida dignidad: qué lástima, pero adiós. Me despido de ti y me voy.»

—Es que soy una chica muy responsable con el cuidado de la piel.

—Qué va, fue muy gracioso ver cómo intentabas ponerte tu diadema de Shrek y te quedaba en los ojos como un antifaz.

—No me lo puedo creer, qué vergüenza...

«¿Me pasé toda la noche siendo la tía más *pick me*? Me odio muchísimo.»

—Por suerte, me acordaba más o menos de lo que me habías enseñado por videollamada. —Se acercó a mí y pasó la mano por mi moflete con cuidado—. Sí, está muy suave.

Nos reímos. Tenía una sonrisa tan bonita...

A cualquier otra persona le habría apartado la mano enseguida, odiaba que me tocaran la cara. Tenía una manía muy fuerte con eso. Quitando el abrazo de antes, era la primera vez que estábamos tan cerca.

«Qué pena que tengas tantas lagunas de anoche. Tremenda borracha.»

Aquel día en la videollamada estaba atento de verdad y no lo hizo por quedar bien ni nada parecido. Nunca pensé que pondría en práctica lo que había aprendido ese día conmigo.

Se comió el último macarrón que quedaba en el plato y se limpió con la servilleta. Me ayudó a recoger un poco y se sentó en el sofá mientras yo me vestía para ir a trabajar.

Cerré la puerta del baño para cambiarme y me di cuenta de que no había mirado el móvil desde que le había escrito a Valeria. Dos mensajes de mi madre preguntando si estaba viva y cinco de doña Celestina.

Cómo va la cosa? Sigue en tu casa?
Contestaaaaaa.
Dime que os habéis liado yaaa.
Socorro!

Necesito que me cuentes TODO.

No, no nos hemos liado. PESADA.

Toda la mañana sin contestarme
y solo me dices eso?!
Te odioooooo.

Sigo con él, cuando salga
del trabajo te cuento.

Salí del baño y Nico insistió muchísimo en llevarme al trabajo, así que tuve que decir que sí. Durante el trayecto estuvo sonando Post Malone y, aunque nunca lo había escuchado, me quedé con una de sus canciones: *Circles*. En ese momento estaba sonando a todas horas en la radio, pero no sabía que era suya.

«Cuando me baje del coche, ¿volveremos a hablar?»

Me daba pánico pensar que algo de mí no le había gustado y que, aunque llevábamos muy poco hablando, él ya se había cansado de nuestras charlas diarias. No quería llegar al trabajo; no quería bajarme del coche; no quería dejar de hablar con él.

Llegamos a mi trabajo y sentí cómo la atmósfera del coche cambiaba por completo. Nico bajó el volumen de la música y yo me quité el cinturón.

«Silencio incómodo.»

No se me daba nada bien soportar la presión de un momento así, por lo que preferí no alargar la agonía.

—Gracias por traerme, adiós.

—Adiós.

Cogí mis cosas y me bajé del coche. Rápido y sin pensar.

«Tremenda idiota.»

Lo más seguro era que no volviésemos a hablar y me fui pitando. Oí cómo arrancó el coche y se fue, me volví para comprobarlo. Respiré hondo antes de entrar en el trabajo, necesitaba prepararme mentalmente para la tarde que me esperaba.

Mi teléfono vibró. Mensaje de Nico:

Me lo he pasado muy bien :).
Espero que nos veamos pronto.

Respondí con una sonrisa real a la sonrisa que me regaló con su emoticono. Y así fue como todos mis miedos anteriores se esfumaron. Yo también quería volver a verlo.

Capítulo 16

Lola

Antes de entrar en el trabajo, le contesté:

Gracias otra vez por traerme!
Yo también lo espero <3.

Sin embargo, no volví a saber nada de él el resto del domingo.

Ni el lunes. Ni el martes. Mis miedos fueron regresando con el paso de los días. ¿Por qué me había dicho que *esperaba verme pronto* para luego desaparecer? ¿Había dicho algo que lo había incomodado? ¿Solo lo había dicho por compromiso?

—¿Dos días sin responderte a un mensaje? Eso ya se puede considerar *ghosting* —comentó Sofi, experta en decir siempre lo que no quería oír.

Me senté en nuestro banco del patio y me cubrí la cabeza con las manos. Tal vez podía ser muy dramática, solo algunas veces, pero el no saber de él me tenía la cabeza loca.

—En otra ocasión le daría la razón a Sofi, pero, si te sirve de consuelo, yo tampoco he vuelto a saber nada de él —aclaró Valeria.

Esa información fue muy agridulce. Por una parte, me gustaba saber que no estaba pasando solo de mí porque Valeria tampoco sabía de él, pero que hubiera dejado de hablar con las dos a la vez me parecía muy raro. Quizá no había cogido el teléfono esos días porque se le había roto.

«Pero ¿y si le ha ocurrido algo grave y por eso no da señales de vida?» Esa idea hizo saltar todas mis alarmas.

Esos dos días fueron eternos y, aunque pocas veces lo hacía, decidí dejar de ser una orgullosa. Estaba preocupada y necesitaba saber qué sucedía.

¿Estás bien?

La pelota seguía sobre su tejado. Si no respondía a eso, no volvería a escribirle y me olvidaría de él por completo. A veces podía ser muy tajante.

«No pienses en eso.»

—Tía, no te rayes. Ya le has vuelto a escribir, seguro que te contesta pronto.

Valeria intentó consolarme, pero una parte de mí sintió que ella también notaba que la situación era un poco extraña. En la fiesta Nico estuvo bien, bastante integrado con el resto aunque no los conocía y, bueno, qué decir de lo que pasó en mi casa...

Mi concentración ese día en el instituto brilló por su ausencia. Al llegar a casa comí sola, ya que mi madre me había escrito que necesitaba quedarse un poco más en el trabajo. Recogí la cocina y me puse a repasar. Al día siguiente tenía examen de Griego y lo llevaba bastante mal, como siempre.

No iba a culpar a Nico de mi falta de estudio porque tenía el don de dejarlo todo para el último momento. Pero sí que era cierto que no hablar con él me tenía un tanto descolocada.

La manera en la que estuvimos en mi casa, aquel abrazo, cómo me tocó la cara, su mensaje cuando me bajé del coche... ¡Hasta me había hecho el *skincare* cuando estaba borracha! Eso no se lo haces a cualquiera.

«¿Solo yo lo sentí así?»

—¡Ya estoy en casa! —anunció mi madre al volver del trabajo.

—¡Vale! —grité abriendo un poco la puerta de mi habitación—. ¡Estoy estudiando!

Cerré la puerta y continué con la tercera declinación griega. Me gustaba dejar el teléfono en silencio mientras estudiaba, ya que era mi mayor fuente de distracción. Pero cuando me di cuenta de que llevaba más de dos horas traduciendo textos en griego antiguo, cogí el móvil para descansar un rato y vi que tenía un mensaje de Valeria.

Sigue sin responder?

Sigue sin responder.

Los astros se alinearon después de mi respuesta al mensaje de Valeria, parecía que los hubiéramos conjurado.

«Mensaje directo de Nico.»

Capítulo 17

Lola

Estoy en tu portal, puedes bajar?

No exagero si digo que, en el momento en que leí ese mensaje, casi se me salen los ojos de las órbitas. ¿Qué narices hacía en mi portal? Quise hacerme la dura, pero la verdad es que se me daba fatal. Él llevaba dos días sin contestarme a los mensajes y yo en cinco minutos ya le había dado una respuesta.

Me das miedo, pero ya bajo.

«Estúpida.»

Me puse las zapatillas y cogí el diccionario de griego. Necesitaba una excusa para bajar a la calle casi a las nueve de la noche. Mi madre era la típica que, aunque tuviese cuarenta años, siempre me iba a pedir una explicación de adónde, con quién y cuándo iba a algún sitio.

—Mamá, voy a bajar un momento a darle a Sofi su diccionario. Mañana tenemos examen y me he llevado el suyo y el mío sin querer.

—Está bien —respondió mientras levantaba una ceja.

Tal vez no era la mejor poniendo excusas, pero parecía que había colado. Lo que menos necesitaba en ese momento era que sospechara de que mi pequeña escapada tenía algo que ver con un chico. Un chico que había dormido en casa mientras ella no estaba.

Bajé los doce pisos en el ascensor y me di cuenta de lo lento que era aquel cubículo minúsculo. Salí y ahí estaba el rubio, sentado en la escalera, de espaldas a mí.

—¿Se puede saber qué haces aquí? —dije mientras me acercaba a él.

Se sobresaltó y se puso de pie. Estaba unos escalones más abajo que yo, así que, por primera vez, nos encontrábamos a la misma altura.

—Siento no haberte respondido antes, pero de verdad que no podía.

De forma instintiva, levanté una ceja. Estaba segura de que acababa de calcar el gesto de mi madre hacía escasos minutos.

—Sé que te va a parecer una excusa barata, pero no tengo la necesidad de mentirte —continuó—. Llevo varios meses con fuertes dolores de cabeza. No sé si alguna vez has tenido migraña, pero es todavía más fuerte que eso.

Me alegró saber que si no había hablado durante dos días conmigo no había sido porque estuviera intentando huir de mí. Por otra parte, aquella «migraña» me pareció un tanto alarmante. Alguna vez que otra me había ocurrido, pero como mucho solo necesitaba un día para recuperarme. Debía de haberlo pasado bastante mal.

«Y yo, como siempre, pensando que había hecho algo mal. Tengo que dejar de sentirme el ombligo del mundo.»

—¿Y eso? ¿Estás bien?

—Ahora sí, pero he descubierto que lo único que me funciona es estar lo más a oscuras posible en mi habitación. Esta vez se ha alargado más que otras.

—Me alegro de que estés un poco mejor. De verdad que no hacía falta que vinieras hasta aquí si llevas unos días un poco regular...

En ese momento me di cuenta de que no sabía dónde vivía. Tal vez había tenido que conducir treinta minutos solo para contarme qué había pasado, o igual diez. Fueran los minutos que fuesen, me pareció un detalle que me lo dijera en persona.

—Sé que no nos conocemos mucho, pero, por lo poco que sé de ti, algo me dice que has estado comiéndote la cabeza por esto.

«Joder. ¿Tan transparente soy?»

—Puede ser... —Miré para otro lado poniendo los ojos en blanco.

—Lo siento, de verdad. —Hizo un puchero—. He pensado que, para compensar tu rayada, podríamos ir a cenar el viernes.

Casi se me escapa un pequeño grito de emoción, pero me contuve. ¿Estaba pasando de verdad?

Ese día me di cuenta de que existían dos tipos de tíos: los que te dejan por mensaje después de un año de relación y los que te piden perdón por tener migraña, sorprendiéndote en el portal de tu casa.

Un segundo.

¿Era una cita?

Capítulo 18

Lola

Como era lógico y normal, acepté su invitación. Estuve de los nervios los dos días siguientes a su propuesta de *cena* o más bien *cita*, o eso me parecía a mí.

—Tías..., esto me queda horriblemente mal.

Valeria y Sofía insistieron en ir de compras, cosa que odiaba con todas mis fuerzas. Mi armario seguía siendo el mismo que hacía dos años, ya que solo me compraba ropa cuando era una urgencia. Me gustaba más gastarme el dinero en maquillaje que en modas que iban y venían.

Salí del probador con un vestido rojo que había elegido Sofi. Algo de ese color me parecía excesivo para ir a cenar a... Nico no me había dicho adónde íbamos.

—El rojo representa pasión —dijo Sofi en un tono dramático.

—Pues por eso mismo, tal vez debería llevar algo un poco menos... ¿sugerente?

—Estoy de acuerdo, mejor dejamos el rojo para la ropa interior —añadió Valeria.

Puse los ojos en blanco y cerré la cortina del probador.

«¿En qué momento pensé que venir con estas dos era buena idea?»

Salimos de la tienda y nos dirigimos a la última que quedaba por ver. Habíamos entrado en todas y cada una de las tiendas del centro comercial, esa era mi última esperanza.

Me bastó un vistazo rápido por todo el establecimiento para saber que nada de lo que había iba conmigo. Nada de escarbar ni probar. Si no me había entrado por los ojos con esa primera y última mirada rápida, no necesitaba ver más.

—Chicas, vámonos, estoy cansada y aquí no voy a encontrar nada que me guste.

—¡Pero todavía no tenemos tu *outfit* para mañana!

—Da igual, ya buscaré algo de *inspo* en Pinterest, seguro que apaño algo. —Miré el reloj de mi muñeca—. ¿Por qué no vamos a merendar unas tortitas?

Los ojos de Sofi se abrieron por completo e incluso me pareció oír cómo le sonaban las tripas. Los restaurantes se encontraban en la última planta, así que subimos hasta allí por la escalera mecánica.

El restaurante donde nos gustaba comer tortitas estaba ambientado en los años cincuenta, típico americano. Suelo de cuadros rojos y blancos, sofás a conjunto y todo decorado como en la película *Grease*, uno de mis musicales favoritos. Alguna vez habíamos ido a comer, pero lo que importaba realmente eran los postres. En concreto, las maravillosas tortitas que hacían que Sofi empezara a babear como Homer Simpson.

—Sirope de chocolate y todas las frutas que quieras menos plátano, por favor.

Valeria odiaba el plátano con todo su ser. Hacía unos años, fuimos de ruta con su familia y mi primo Álex vino con nosotras. Durante el trayecto en el coche sacó un plátano, y no exagero si digo que Valeria casi se tira en marcha. Solo con olerlo era capaz de vomitar a lo niña de *El exorcista*.

—¿Y adónde vais a ir? —preguntó Sofi mientras pegaba un sorbo a su batido de fresa.

—La verdad es que no tengo ni idea.

—¿Y por qué no le preguntas?

Saqué el teléfono de mi bolso y le escribí. El último mensaje era suyo, diciéndome que iba a dormir la siesta un rato. Deseé que tuviese el móvil en silencio para no despertarlo.

—Reconozco que estoy un poco nerviosa.

—Tía, es normal. Parece que tu radar de *green flags* en hombres empieza a funcionar... Yo también estaría cagada.

Era cierto. Mi historial romántico era bastante decepcionante, y Nico parecía un tío normal. Aunque no sabía mucho de él, lo poco que conocía me gustaba, y me daba pánico cagarla.

Devoré mis tortitas con sirope de chocolate y fresas en un abrir y cerrar de ojos. Sofi y Valeria me siguieron el ritmo. Casi necesitamos desabrocharnos un botón del pantalón de lo infladas que estábamos.

El móvil vibró.

Es una sorpresa.

¿Por qué no me lo puedes decir? :(

Puedo asegurarte que se me dan fatal las sorpresas, pero me he propuesto no decir nada y lo voy a cumplir.

Esa fue la respuesta de Nico.

«¿A quién no le gustan las sorpresas?»

—¿A ti no te ha contado nada? —preguntó Sofi dirigiéndose a Valeria.

—*Noup* —respondió seca.

Esa rápida respuesta significaba que claramente sabía algo. Ellos eran muy amigos, hablaban casi todos los días, y Valeria era demasiado cotilla como para no haber preguntado.

—Sabes algo, suéltalo.

—Va, porfa. Te pagamos la merienda...

—Admito que sé algo, pero prometí que no iba a decir nada. —Hizo un puchero—. Solo te diré que estoy segura de que te va a gustar.

Capítulo 19

Lola

Llegó el viernes y un flan parecía la cosa más rígida del universo comparado conmigo.

Me había cambiado de ropa unas tres veces y seguía sin saber qué ponerme. Valeria y Sofi estaban al otro lado del teléfono, en videollamada, pero no ayudaban nada con la elección del *outfit*.

—A mí me gustaba más la falda corta.

—¡Recordemos que odio mis piernas, estoy incómoda! —le grité a la pantalla del móvil.

—¡Pues no nos la des como una posible elección! Además, tus piernas no tienen nada de malo.

Me volví a cambiar, ya era el cuarto modelito que me probaba.

—Por todos los dioses del universo, que son los integrantes de One Direction: ¿vas a cenar con el futuro padre de tus hijos o a meterte en un convento?

—¿Incluyes a Zayn?

—Incluyo a Zayn.

—Sofi, ¿tú qué dices? ¿Este vestido es demasiado tapado?

—Creo que tienes que ir como tú te sientas más cómoda, pero me encanta cómo te queda la falda corta.

Me volví a poner la falda y me miré en el espejo de mi habitación. Era una falda plisada de color negro que había comprado el año pasado y que nunca me había atrevido a ponerme. El día que la compré tuve un subidón de autoestima y no dudé en llevármela a casa. En cuanto llegué, la guardé en el armario y nunca más volví a recordar su existencia hasta ese día.

En la parte de arriba me puse un body de cuello redondo, que se ajustaba a mi cuerpo a la perfección. Era azul cielo, a juego con mis ojos, como decía mi abuela cada vez que me lo veía puesto.

Tal vez Valeria tenía razón, no había nada de malo en mis piernas. Me quedé mirándolas fijamente. No podía, era superior a mí.

—¡Que se la ponga, que se la ponga...! —empezaron a gritar al unísono.

—*Not today, Satan.*

Sintiéndolo mucho, me cambié de ropa. Sabía que si salía así no iba a disfrutar. Me pasaría toda la cena pensando en mis piernas, por no hablar de la incomodidad al sentarme con aquella falda.

Me coloqué mis vaqueros anchos de confianza y cambié el body azul por uno negro. Tal vez no llevaba nada especial, pero estaba en mi zona de confort y eso era lo que importaba. Me hice un buen *eyeliner* negro y me puse un poco de *gloss*.

—¡No te molestes en pintarte mucho los labios o parecerás el Joker cuando Nico te pegue el morreo de tu vida!

—Eres tan graciosa, Sofi... —dije en tono irónico.

Miré el reloj del teléfono y me dio un pequeño ataque. Quedaban diez minutos para que Nico viniera a buscarme. Me despedí de las chicas y me puse mis botas militares negras. Cartera, llaves y tres litros de colonia antes de salir.

Le envié un mensaje:

Avísame cuando estés llegando.

No me gustaba llegar tarde, pero me daba mucha vergüenza tener que esperarlo en la puerta. Me ponía nerviosa verlo aparecer mientras yo estaba quieta como un pasmarote en la puerta de mi bloque. Así que preferí salir de casa una vez que me avisara de que ya estaba abajo.

Entonces me di cuenta de lo maravilloso que era que mi madre pasara casi todos los fines de semana fuera. Me imaginé su interrogatorio al verme así vestida un viernes por la noche.

«¿Con quién vas?»

«¿Adónde vas?»

Pero sobre todo el mítico «A las doce en casa».

Sí, casi dieciocho años tenía, y eso era lo más tarde que podía llegar a casa. Los días que quería volver más tarde porque iba a salir de fiesta, siempre me quedaba en casa de mi abuela. Ella nunca me ponía hora y, si mi madre preguntaba, a las doce estaba en la cama como la Cenicienta.

Era cierto que, al no estar ella en casa, resultaba un poco más complicado aquel control sobre la hora de llegada. La solución: una foto metida en la cama como prueba, lo que hizo que creara una carpeta en mi teléfono llena de fotos en mi habitación con diferentes pijamas. Así, si en algún momento me preguntaba dónde estaba, podía enviarle una como si estuviese metida en la cama.

Ya estoy :).

Cogí todo el aire que me permitieron mis pulmones y salí de casa.

Capítulo 20

Lola

Salí del edificio y ahí estaba él, subido en su coche. Al verme, la cara se le iluminó con una enorme sonrisa, y casi me derrito en ese preciso instante.

«Relájate, Lola, solo ha sonreído.»

Juro que era superior a mí.

—*Hello!* —dije mientras cerraba la puerta del coche—. ¿Adónde vamos?

—Ahora lo verás, tranquila.

Arrancó el coche y condujo hasta el centro de la ciudad, que estaba a unos quince minutos de mi casa. Esta vez sonaba Machine Gun Kelly en vez de Post Malone. A ese muchacho sí que no lo había oído en mi vida, hasta esa noche.

—¿Quieres poner tú la música? —dijo mientras me pasaba su teléfono.

—No, tranquilo, está bien.

—Genial, de todas maneras, no te iba a dejar que la cambiaras —me vaciló.

—¡Oye! Eres un *bienqueda*. —Reí.

—A poca gente le dejo elegir la música en mi coche.

—¿Acaso me estás retando? Porque, si es así, estoy segura de que entraré en ese grupo de personas.

—¿Cuál es tu cantante favorito?

«No has querido preguntar eso, querido.»

—Me gusta One Direction, y podría decirse que mi personalidad se basa en un ochenta por ciento en ser *directioner*.

—Pero ¿no se habían separado?

—¿Puedes no meter el dedo en la herida? —respondí al mismo tiempo que me ponía la mano en el pecho.

Se rio mientras miraba a la carretera. ¿Por qué nadie hablaba de lo atractivo que se podía ver un tío conduciendo?

El día que Zayn se fue de One Direction, nunca volví a ser la misma. Recuerdo lo que comí, llevaba puesto e hice aquel día como si fuese ayer. Nunca lo superé. Es cierto que después hicieron un álbum los cuatro restantes, pero, aunque mi fanatismo seguía activo, una parte de mí murió ese día.

—Pero tendrás un favorito, ¿no?

—Es cierto que siempre he sido una *Harry girl*, pero nunca podría escoger solo a uno.

«¿Estoy hablando con él de lo *friki fan* que soy?»

—¿Y tú? ¿Solo escuchas música en inglés?

—La verdad es que sí, quitando a Bad Bunny. Es de los pocos artistas que escucho de reggaeton.

—Entonces, ¿eres de esos que odian el reggaeton y se creen especiales por no escucharlo?

—No, simplemente no lo escucho en mi día a día, pero no me creo un ser superior por no hacerlo.

—Bien, bien.

—No intentes buscarme las *red flags*, Lola.

«Pillada.» ¡Lo bien que sonaba mi nombre pronunciado por él!

—Ya hemos llegado.

Capítulo 21

Lola

Dejó el coche en uno de los parkings del centro de la ciudad, ya que allí era misión imposible encontrar un sitio. Caminamos unos cinco minutos y llegamos a un restaurante llamado Casa Mia Italia.

Como iba sentado en el coche, no pude fijarme bien en la ropa que llevaba. Tenía un gusto bastante curioso por la ropa, y eso me gustaba. No nos habíamos visto muchas veces, pero siempre me fijaba en sus zapatillas. Nunca había repetido el mismo par. En esa ocasión eran unas Jordan de color verde oscuro.

«Italiano, perfecto para pringarme entera en la primera cita.»

—Le pregunté a Valeria si te gustaba la comida italiana.

—¿A quién no le va a gustar?

Nos reímos y entramos en el restaurante. Nos recibió un señor de pelo blanco muy simpático llamado Andrea.

—¡Pero bueno, Nico! Qué alegría verte por aquí. ¿Ya estás bien?

—Todo bien, pero no he podido venir a verte antes —respondió mientras le estrechaba la mano.

—¿Y esta jovencita de aquí? Dicen que quien tiene buen gusto para la pasta... ¡también lo tiene para las mujeres!

«Socorro... Tierra, trágame.»

Nico se puso rojo como un tomate y no pude evitar reírme.

El restaurante era muy acogedor y el ambiente me recordaba al de la típica película rodada en la Toscana. Nuestra mesa estaba cerca de un rincón, lo que me pareció magnífico, ya que así se podría crear un clima más íntimo. Aunque mi mente solo podía pensar en intentar no mancharme cenando.

Una camarera muy simpática y no mucho mayor que nosotros nos tomó nota de las bebidas. Pocos minutos después, Andrea se plantó en el centro del salón y comenzó a cantar todos los platos que servían aquella noche.

Nunca había visto que se hiciera algo así en un restaurante, lo que me llamó mucho la atención. Debo admitir que siempre había sido un poco exquisita con la comida y que necesitaba saber cada ingrediente de cada plato. Mientras Andrea hablaba, mi mente no podía procesar todo lo que estaba diciendo, ya que iba demasiado rápido. Me agobié un poco al ver que ninguno de los platos que cantaba me llamaba la atención, y creo que Nico pudo verlo reflejado en mi cara.

—Tranquila, ahora se acercará y te los repetirá.

—Menos mal. ¿Eso lo hace siempre?

—Sí, cada día la carta cambia. Por cierto, no sé si te has dado cuenta, pero no ha mencionado ninguna pizza.

«Mejor, la iba a evitar a toda costa para no mancharme.»

—Es cierto, no me había dado cuenta.

—Según Andrea, su restaurante es cien por cien italiano, nada de pizzas, solo pasta.

Finalmente Andrea se acercó a nuestra mesa y nos explicó al

detalle los ingredientes de cada plato. Fui a lo seguro y pedí el único que llevaba trufa.

—Espero que te guste —dijo Nico cuando nos trajeron la cena.

Es posible que fuesen los raviolis de berenjena con salsa de trufa más ricos que había probado en mi vida. Nico pidió unos tortellini con requesón y espinacas que también tenía muy buena pinta.

—¿Quieres probar? —pregunté acercándole mi plato.

Asintió con la cabeza e hizo el mismo gesto para que probara el suyo. En efecto, estaba buenísimo.

—No sé si voy a poder con todo, pero ¿quieres pedir postre?

—Yo tampoco sé si podré, pero soy esa clase de personas que se dejan un poco de comida para hacer hueco para el dulce.

—Oh, conque eres de esas... —Rio—. Yo no soy muy fan del postre, solo me gustan las cosas con limón o el helado de menta y chocolate.

—¡¿Qué?! —Creo que me oyó todo el restaurante—. ¿Cómo te va a gustar el helado de pasta de dientes?

—¿También eres de las que no saben apreciar uno de los mejores sabores de helado? Estás perdiendo puntos...

«¿Desde cuándo él también está contando puntos?»

—Sabía que eras un chico con mal gusto, pero esto ya es demasiado —le vacilé.

—Pues fíjate, tengo tan mal gusto que me gustas tú.

Menos mal que no me pilló bebiendo agua en ese momento, porque habría hecho una fuente a lo Harry Styles en el Where We Are Tour.

«Me gustas tú.»

Analicé la frase en mi cabeza.

¿Le gustaba yo? ¿Lola Sarriá? Al menos era consciente de su mal gusto.

—¿Postre? —interrumpió Andrea.

—Por favor.

Fue lo único que salió por mi boca después de lo que podríamos llamar la «confesión» de Nico.

Capítulo 22

Lola

Pero ¿qué narices me pasaba?

Podría decirse que el adjetivo *vergonzosa* no era el que mejor me definía. Mis amigos me consideraban una chica muy directa y lanzada. ¿Por qué todo lo que tenía que ver con Nico me daba pánico?

Recordé el día que lo conocí en el hospital. Es cierto que no cruzamos más de dos frases, pero desde ese momento supe que quería que pasara algo entre nosotros.

Sería mi tercer flechazo, tenía miedo de que saliese mal. Fatal. Estaba harta de ilusionarme y después llevarme la hostia de mi vida. Cansada de sentirme insuficiente o de no estar a la altura.

No me apetecía seguir estando de líos tontos con gente que no quería nada serio. Ojo, que no tiene nada de malo, pero en ese momento deseaba algo más, y ahora sabía que Nico quería algo conmigo.

Pedimos un *carrot cake*, mi favorito. A Nico no le gustó mucho, así que prácticamente me comí la porción entera yo sola. Una vez que acabé, pedimos la cuenta y nos dirigimos al coche.

—Como no me has dejado pagar, invito yo a la próxima. ¿Te parece?

—Estaría feo que, después de proponer yo el plan, tuvieses que pagar tú.

—Cierto. —Reí.

—Entonces, ¿va a haber una próxima?

—¡Claro! ¿Por qué no? He cenado de lujo, tienes que enseñarme más sitios.

¿Cómo no iba a dudar de si íbamos a quedar otro día? Yo también habría hecho la misma pregunta si me llego a declarar y me dejan sin respuesta.

«Tienes que hacer algo YA o pensará que no te gusta.»

Subimos al coche y condujo hasta mi casa. Mis amigas no paraban de escribirme mensajes, preguntándome cómo iba la cita. No quería coger el teléfono mientras estaba con él, me parecía de mal gusto.

Una atmósfera de silencio inundó el coche y, sí, soy de ese tipo de personas que odian estar calladas cuando todavía no tienes mucha confianza.

—¿Jugamos a las preguntas? —propuse.

—Vale, empieza tú.

El juego de las preguntas es una excusa tonta para conocer un poco más a la otra persona y sin querer, o más bien queriendo, sacar preguntas comprometidas.

En ese momento no estaba buscando saber cosas subidas de tono sobre él, ni tampoco sobre sus líos amorosos. Solo quería acabar con ese silencio incómodo que había invadido el coche.

—¿Color favorito?

—Amarillo. ¿El tuyo?

—¿De verdad te gusta el amarillo? El mío es el rojo.

—¿Qué tiene de malo el amarillo? Es alegre y siempre se asocia a gente que está mal de la cabeza.

—¿Consideras que estás mal de la cabeza?

—Creo que, para haber sobrevivido a un cáncer en estadio IV..., estoy bastante cuerdo, pero no quieras saber las cosas que pueden pasar por mi mente.

—¿Qué quiere decir «estadio IV»?

—Es cuando llegas a tener metástasis, o sea, el tumor se ha extendido a otras zonas del cuerpo diferentes de donde «nació», por decirlo de alguna manera.

Creo que esa fue la primera vez que le pregunté sobre su enfermedad. Me daba miedo entrometerme demasiado o decir algo que no debía. Nadie de mi familia había pasado por un cáncer, por lo que desconocía cualquier término o detalle sobre el tema.

—Me toca: ¿lugar favorito?

—Perdona, no quería molestarte con mis preguntas sobre el cáncer.

—No me molestan, en absoluto. Lo tengo muy normalizado, pero yo también quiero hacerte preguntas. De hecho, me gusta que utilices la palabra *cáncer*. Parece que la gente tiene miedo a pronunciarla.

Fue la primera vez que sonrió desde que habíamos salido del restaurante. Sentí cómo la atmósfera del coche volvía a la normalidad y me relajé de nuevo.

—En ese caso, Disneyland.

—No me jodas, Lola, ¿de verdad?

—A ti te gusta el amarillo y a mí Disneyland, ¿qué pasa? Es el único sitio en el que se respira felicidad por todas partes.

—A mí me pasa lo mismo con Asturias; toda mi familia está allí. Es demasiado bonita.

En cuanto terminó la frase, el coche se detuvo y me di cuenta de que habíamos llegado a mi casa. Era mi turno para hacer una pregunta y no podía desaprovecharla.

«Ahora o nunca.»

—¿Quieres subir a ver una peli?

Capítulo 23

Lola

Subimos a mi casa y entré en el baño para responder los mensajes del grupo de las chicas.

> Estamos en mi casa.
> Vamos a ver una peli.
> No voy a dar más información
> hasta mañana,sois muy
> pesadas. Os quiero.

Respuesta inmediata de Sofi:

> Lolaaaaaaa, no nos hagas estoooooooo.

> **Val:** Os podéis liar de una veeeezzz?!
> Qué pesadilla!!!!!!

Me lavé los dientes y me quité las lentillas, no aguantaba más con ellas. Salí del baño y me dirigí a mi habitación. Nico estaba sentado en el borde de la cama y había encontrado mi guitarra.

—No sabía que tocaras.

—La verdad es que no sé tocarla —respondí mientras me sentaba a su lado—. Hace unos años aprendí a tocar el ukelele y el novio de mi madre me la regaló. Pensó que igual me animaba con un instrumento más grande.

—¿Nunca has tenido curiosidad por aprender?

—Sí. De hecho, me apunté a clases con mi padre cuando era más pequeña. Pero, como con todo, siempre lo dejo a medias o pierdo la ilusión muy rápido.

«No me preguntes por mi padre, por favor.»

Era la primera vez que lo mencionaba delante de él. Era consciente de que, si seguíamos quedando, en algún momento me preguntaría por mi padre. Deseé que el tema no saliera esa noche, por lo que decidí seguir hablando antes de que se le ocurriera preguntar algo.

—¿Tú sabes tocar? —continué.

—No mucho. Sé unos cuantos acordes y aprendí algunas de mis canciones favoritas por aburrimiento en el hospital.

Le supliqué que tocara alguna canción, pero se excusó en que era muy tarde y no quería molestar a los vecinos. En parte tenía razón, así que guardó la guitarra y nos dirigimos al salón.

—¿Qué te apetece ver?

Nico no tenía pinta de ser un chico Disney, ni de comedias románticas, ni mucho menos musicales. Fue un poco misión imposible ponernos de acuerdo, ya que yo solo veía películas de esos tres géneros.

—¿Y si vemos un episodio de *Aquellos maravillosos 70*?

Me pareció buena idea, e incluso tierna. Habíamos empezado a hablar gracias a la historia que subí sobre esa serie y, poco más de dos semanas después, estábamos viendo un capítulo juntos.

Ya habíamos ido a cenar, había confesado que le gustaba y estábamos en mi casa.

Era el momento.

Desde el primer instante, nos sentamos bastante pegados. Mi hombro rozaba el suyo, al igual que nuestras rodillas. A decir verdad, no recuerdo qué narices estaba pasando en el capítulo. Estaba demasiado concentrada pensando en dar el paso y lanzarme.

Nico estaba absorto viendo la serie. Me habría encantado saber qué pasaba por su cabeza en ese momento. Ya sabía que le gustaba, ¿por qué me daba tanto miedo?

«Vamos, ni que fuese la primera vez que tienes que lanzarte tú...»

Por alguna extraña razón que desconocía, la mayoría de los chicos que me habían gustado eran muy parados. Siempre tenía que dar el primer paso, pero esta vez no quería un lío tonto. Cuando no esperas nada más de la otra persona, es mucho más fácil ser directa.

Mi grado de nervios era parecido al que sentí el 10 de julio de 2014, en el Santiago Bernabéu, antes de que se apagaran las luces y saliese One Direction al escenario.

«A la de tres. Una, dos y tres...»

Esos malditos números se repitieron una y otra vez en mi cabeza.

«Una, dos y...»

Deseé con todas mis fuerzas que Nico se volviera hacia mí. Señor, que hiciese algún movimiento para que fuese más fácil.

Nada.

Quieto.

Mirando la pantalla.

Fue entonces cuando hice el amago de levantarme.

—¿Estás bien?

Me volví y, sin pensarlo ni una sola vez más, cerré los ojos y me lancé.

Nada más rozar sus labios, una corriente recorrió todo mi cuerpo. Nico tardó un microsegundo en responder y, colocando la mano en mi espalda, me acercó a él. Nos fundimos en un abrazo en el que todo contacto era insuficiente. Una pasión desenfrenada inundó mi pequeño salón, lo que demostró que ambos teníamos las mismas ganas de que eso ocurriese.

En ese preciso instante me di por vencida. Jamás había sentido tanto con un solo beso.

Capítulo 24

Lola

Aquella noche dormí demasiado mal.

Me ponía nerviosa saber que Nico estaba acostado a mi lado. No podía permitir que conociese esa versión de mí, todavía no. Siempre dormía con la boca abierta, por lo que mi almohada se convertía en un charco de baba. Por no hablar de que a veces era sonámbula y hablaba en sueños.

Me levanté muy despacio para que no se despertara. Cogí mi móvil y respondí a un par de mensajes que me había escrito mi madre. Había ido con su novio a cenar a un restaurante con música en vivo y me había enviado algunas fotos de la comida. A veces se creía *influencer* haciendo esas cosas.

Qué buena pinta!
Después del trabajo como en casa de la iaia, ya hablamos <3.

Ok, ¿saldrás esta noche?

No creo, ya te digo algo luego.

Bloqueé mi teléfono y me volví para ver a Nico. Su boca estaba entreabierta y tenía la misma posición extraña que en la otra ocasión. Era la segunda vez que dormía en mi casa, y me encantaba la idea de que pudiese ser algo que se repitiese todos los findes a partir de ahí.

«¿Qué pasará ahora?»

Tampoco pude pensarlo mucho, ya que al rubio le dio tal espasmo que recibí un codazo en mi pequeña nariz.

—Hostia, Lola, ¿estás bien? —me preguntó al despertarse sobresaltado y darse cuenta del golpe.

—Sí, tranquilo —contesté mientras me tapaba la nariz con la mano.

Mentí. Me dolía muchísimo. Hasta noté cómo me iba a salir una lagrimilla, pero fui fuerte y me la tragué. Vi la cara de preocupación de Nico y no quería que se sintiera mal. Estaba durmiendo, no había podido controlarlo.

Tal vez si yo no me hubiese marcado un Edward Cullen, contemplando a Bella cual psicópata mientras duerme, no habría recibido aquel golpe. Me lo merecía.

—Déjame que le eche un vistazo, por favor —dijo mientras me apartaba las manos de la nariz.

Me observó fijamente durante unos segundos, inclinó la cabeza para mirar desde varios ángulos y después levantó una ceja.

—Lo que me temía..., ¡no has recibido ningún golpe porque no tienes nariz!

—¿Tú eres tonto o qué te pasa? —Agarré un cojín y le di en la cara.

—Estoy seguro de que tus padres te hicieron con mucho amor, pero se olvidaron de hacerte una. —Hizo un puchero y se tocó la punta de la suya.

Al final tuve que reírme. Era algo que me habían dicho durante toda mi vida. Tenía la nariz tan pequeña que ni siquiera se me aguantaban las gafas. Era pequeña y un poco respingona, como la de los seres que aparecen en la película *El Grinch*.

—Era una broma, ¿eh?, creo que es la nariz más mona que he visto en mi vida. ¿Estás bien?

—Sí, ahora sí. —Me levanté—. Gracias a ese último cumplido, tienes derecho a un desayuno hecho por *moi*.

Me levanté y me dirigí a la cocina. Mientras caminaba, sentí los pasos de Nico detrás de mí. Esta vez no se molestó en preguntarme si necesitaba ayuda, ya sabía que me gustaba estar sola en la cocina. Se sentó en una de las banquetas de la barra y me ayudó a pasar las cosas.

—¿Cola Cao o café?

—Cola Cao, por favor.

«Bien, es de los míos.»

Al acabar de hacer las tostadas y rallar un poco de tomate, me senté con él a la barra.

—¿Qué planes tienes para hoy? —preguntó mientras preparaba su Cola Cao.

—Tengo que ir a trabajar dentro de una hora y, de ahí, me recogerán mis tíos y comeremos en casa de mis abuelos. ¿Tú?

—Supongo que quedarme jugando al ordenador. ¿Tus dos abuelos viven?

—Sí, soy muy afortunada. Prácticamente son los que me han criado, ya que mis padres trabajaban cuando era pequeña. Mi primo y yo nos pasábamos la vida con ellos. ¿Por?

—Mi abuela murió hace un par de años de cáncer. Era como mi madre y fue muy duro perderla. Ahora comemos todos los domingos con mi abuelo para no dejar las tradiciones, pero no es lo mismo. —Su voz se quebró por un momento.

—No sé lo que es perder a tu abuela, pero sí el sentimiento de que nada vuelve a ser igual.

—¿A qué te refieres?

—Cuando mi padre murió, pasó exactamente lo mismo en mi familia. Hubo un antes y un después en todos, pero intentamos que todo siguiese igual. Sobre todo por mis abuelos, ellos son los que peor lo llevan.

—Lo siento mucho, Lola, no tenía ni idea.

—Nada, chico, ni que hubiese sido culpa tuya. —Reí.

—Mierda, estamos bien jodidos.

Capítulo 25

Lola

Nico insistió en llevarme al trabajo y esa vez no me costó aceptar su oferta. Si no tenía que coger el bus, podía pasar más tiempo con él.

Durante el trayecto en coche pensé: «¿Ahora nos despediremos con un beso o con dos?».

Creo que es la típica pregunta que uno se hace cuando, la noche anterior, le absorbió hasta el alma al tío que le gusta.

¿Por qué siempre era tan incómodo ese momento? Despedirse de alguien después de liarse por primera vez... Una pesadilla. Para mí era una pieza bastante clave para saber hacia dónde iba el tema.

¿Te das dos besos? ¿Un pico? ¿No haces nada? ¿Me dará una patada y me tirará del coche en marcha? Podía pasar cualquier cosa y estaba a punto de descubrirlo.

—Muchas gracias por traerme, a final de mes haremos cuentas de la gasolina.

«Muy bien, dejando caer que quieres que esto se repita...»

—No es nada.

—Que sí, que me sabe mal...

—¿Puedes dejar de mirarme los labios mientras hablo contigo?

—¡¿Qué?! ¡Yo no estaba haciendo eso!

«¿Lo estaba haciendo y no me he dado cuenta?»

—Si quieres besarme, hazlo, no lo pienses tanto —me vaciló.

—Mira, chaval, si llega a ser por ti, tú y yo todavía no nos habríamos dado ni un pico. ¿Te recuerdo que fui yo la que se lanzó ayer?

—Perdona, pero me lancé yo.

—Mentira.

—Dios, Lola, es que es demasiado fácil picarte. —Empezó a reírse.

Se desabrochó el cinturón, se acercó a mí y me agarró la cara con la mano. Sus finos labios se juntaron con los míos y nuestras lenguas volvieron a colisionar. Sentí cómo la temperatura del coche comenzaba a aumentar.

Mi duda estaba resuelta.

No habían pasado ni veinticuatro horas desde que nos habíamos besado por primera vez. ¿Cómo podía ser que le tuviese tantas ganas todavía? Estaba claro que él tampoco se quedaba atrás...

—Podría pasarme así todo el día, pero tengo que entrar en el trabajo. —Hice un puchero.

—Claro, que vaya bien.

Me dio un último beso en la nariz, cosa que me pareció muy tierna, y me bajé del coche.

Entré en el trabajo y me cambié rápida como un rayo. Teníamos que sobrevivir a tres cumpleaños esa mañana.

«Tierra, trágame.»

Lo bueno era que estaba tan eufórica por lo que había pasado con Nico que se me pasaron las horas volando. Me sentía como en una nube gigante y esponjosa.

Al acabar, mis tíos vinieron a recogerme para comer en casa de mis abuelos. Llegamos y saludé a mi abuelo con un beso en la mejilla. Estaba en el sofá con *Zoe*, su perrita, que odiaba a todo el mundo menos a mi familia. La saludé como correspondía, tocándole la barriga, y me dirigí a la cocina para ver a mi abuela. Como siempre, estaba liada preparando la comida.

—¡Hola, *iaia*!

—Uy, ¿a ti qué te pasa?

—¿A qué te refieres?

—Estás demasiado simpática...

—¿Cómo puede ser que me conozcas tan bien? —Le di un beso en la mejilla—. He conocido a un chico que me gusta mucho y... ayer nos besamos.

—Pero ¿ya habéis...?

—¡No, *iaia*! Solo unos besitos, ya sabes.

Tal vez pueda parecer un poco extraño contarle esas cosas a tu abuela, pero mi *iaia* era la única que conocía todos mis secretos. Mis amigos decían que era una abuela moderna, con la que se podía hablar de todo. Cuando digo todo es TODO.

En general, en mi familia nunca había habido filtro para hablar. Siempre me he sentido libre de contarles mis líos y mis movidas. Definitivamente era muy afortunada de tener la familia que me había tocado.

Ayudé a mi *iaia* a poner la mesa y, cuando la comida estuvo lista, nos sentamos en nuestros respectivos sitios.

—¿Dónde está el tete?

—Entrenando, ya sabes cómo es —respondió mi tía.

Mi primo Álex era lo más parecido a un hermano que había tenido. Él también era hijo único, solo nos llevábamos cinco años y nos habíamos criado en casa de mis abuelos. Teníamos una relación de amor-odio, y era la única persona capaz de sacarme de mis casillas con solo respirar.

Álex quería competir en culturismo natural, un *gymbro* en toda regla. No nos parecíamos en nada, y eso hacía que chocáramos aún más. Se pasaba el día en el gimnasio y muchas veces no llegaba a comer con la familia. Sabía que eso molestaba a mi *iaia*, por lo que también me molestaba a mí.

Evité soltar un comentario sobre el tema por mi abuela. Solo y únicamente por ella.

Capítulo 26

Lola

Todo iba genial con Nico y eso me daba pánico. Irónico, ¿verdad?

Nunca había sentido algo tan fuerte por alguien en tan poco tiempo. Nadie me había demostrado tanto en tan pocos días. Que pareciera como si nos conociésemos de toda la vida era tan extraño y a la vez tan auténtico...

—Así que ¿este fin de semana también durmió en tu casa? —quiso saber Valeria.

—Sí, solo que no fuimos a cenar por ahí. Esta vez nos quedamos en casa y pillamos unas pizzas.

—Entonces esto va en serio, ¿no?

—Sí..., no sé. Supongo. No llevamos ni un mes quedando y nos vemos los fines de semana, tampoco es gran cosa.

—¿Como que «no es gran cosa»? Habláis a todas horas, en nada llevaréis un mes viéndoos todos los findes y ya dormís juntitos... ¿Te lo has tirado ya?

—Joder, Valeria. Siempre estás con lo mismo, PESADA.

—Sofi me ha dicho que te lo pregunte.

—A mí no me metas —se quejó la rubia—. Pero responde a la pregunta.

—Vino a casa, cenamos, vimos una peli, nos empezamos a liar... y, como diría Sophie en *Mamma Mia!* mientras lee el diario de Donna, puntos suspensivos...

Valeria y Sofía pegaron tal grito que todo el patio del instituto se volvió hacia donde estábamos nosotras. Me hicieron un interrogatorio, lleno de preguntas demasiado personales como para escribirlas aquí. A veces podían llegar a ser unas verdaderas cotillas.

Lo entendía, pero no era el momento ni el lugar. Lo que compartí con Nico aquella noche había sido algo muy especial, y no quería ir pregonándolo por ahí. Era algo suyo y mío, nuestro y de nadie más; algo que llevaría siempre conmigo.

El timbre me salvó de aquella tortura de preguntas sin fin y volvimos a clase. Escuchar al profesor de Filosofía hablar sobre Kant se me hizo un poco bola, y mi mente desconectó de la clase por completo.

«Tal vez debería hablarle a mi madre de la existencia de Nico.»

No tenía excesiva confianza con mi madre, pero no me parecía bien habérselo contado a toda mi familia menos a ella. También me sentí un poco mal por estar ocultándole que un chico estaba pasando los fines de semana conmigo. Sabía que a ella no le hacía mucha gracia que me quedara sola, pero es que no lo estaba. Me daba miedo contárselo y que dejara de irse a final de semana. Se me acabaría el chollo de estar con Nico en casa. Solos.

«Cuando llegue a casa se lo voy a decir.»

Me preparé psicológicamente para el momento. No tenía ni idea de cómo iba a reaccionar, pero tenía miedo.

Llegué a casa y mi madre ya estaba allí, preparando la comida. Dejé la mochila en mi habitación y puse la mesa. Una vez sentadas, respiré hondo y lo solté.

—Estoy quedando con un chico. —Sentí cómo volvía a entrar aire en mis pulmones.

Mi madre empezó a reírse a carcajada limpia. No entendía nada.

—¿Tú te crees que soy tonta? Ya lo sabía.

—Ah. —Me quedé pálida.

—Te pasas el día con el móvil, más de lo habitual. Últimamente a «Sofi» se le olvidan muchas cosas y tienes que bajar a dárselas. Por no hablar de los tangas que he puesto a lavar esta mañana... Esos solo se usan cuando vas a acostarte con alguien.

«Tierra, trágame.»

Me estaba muriendo de la vergüenza. A veces mi madre podía llegar a ser tan directa que te daban ganas de no volver a abrir la boca en cien años.

—Estás en la edad y es lo normal. Lo que no quiero es que vuelvas a pasarlo tan mal como la última vez. ¡Qué suerte tiene el pelirrojo ese de no haberse cruzado conmigo!

Mi madre odiaba a mi ex. Si hubiese tenido oportunidad, lo habría atropellado y se habría dado a la fuga. Ella había vivido todo mi proceso de duelo después de que él me dejara, por lo que entendía que tuviese miedo de verme sufrir así de nuevo.

—Está claro que a mí tampoco me apetece volver a pasar por eso... —Reí por no llorar.

—¿Cómo es? ¡Enséñame una foto! ¿Estáis saliendo?

Me levanté de la mesa para coger mi teléfono. Empecé a cotillear el Instagram de Nico y escogí un selfi en el que salía con un gorro amarillo fosforescente. Estaba guapísimo y se apreciaban mucho sus ojos verdes.

—No, mamá, no estamos saliendo.

—Qué feo.

—¡Pero ¿qué dices?! —Casi me da un ataque—. ¡Si es guapísimo!

—Bueno, a mí no me parece guapo. ¿Cómo os conocisteis?

—Es un amigo de Valeria, se conocieron en el hospital.

—¿Es voluntario? ¡Qué majo! Ya me cae bien.

—¿Qué? No es voluntario, estuvo ingresado por un cáncer.

La cara de mi madre cambió por completo y el silencio inundó el comedor.

—Lola..., no quiero que sufras.

—Pero ¿qué estás diciendo? Ya no está en tratamiento.

—Solo te digo que creo que ya lo has pasado bastante mal en esta vida como para meterte en una relación con alguien así, ¿no te parece?

No podía creer lo que acababa de oír. Estar «con alguien así». Como si Nico no tuviese derecho a estar con alguien por haber pasado un cáncer.

No me apetecía seguir con la conversación y deseé no habérselo contado. Por más que intentaba acercarme a ella o explicarle las cosas que me ilusionaban, siempre veía el lado negativo de todo.

Capítulo 27

Lola

La convivencia con mi madre se hizo aún más insoportable después de esa conversación. Hablábamos lo mínimo y nos evitábamos todo lo que podíamos, teniendo en cuenta las pequeñas dimensiones de mi casa. Así que comencé a pasarme los días encerrada en mi habitación, más de lo que ya lo hacía.

Llegó el viernes y Nico apareció poco después de que se fuera mi madre. Ya era algo que hacíamos todos los fines de semana, y me encantaba. Entre semana no podíamos vernos mucho, por lo que me pasaba los días esperando que llegase el viernes.

Aquella conversación con mi madre era algo que no dejaba de retumbar en mi cabeza. Además de que la situación en casa también había pasado a afectarme a nivel mental y aquel día estaba más apagada de lo normal.

Nunca había sido una chica que expresara muy bien las cosas que le preocupaban, me lo guardaba todo. Lo único que hacía era escribirlo en mi diario, eso me ayudaba a desahogarme un poco. Pero, a pesar de lo poco expresiva que era con las palabras, era capaz de decirlo todo con una mirada.

—¿Qué te pasa? Te noto rara.

Nico no era tonto, no tardó ni diez minutos en darse cuenta de que me pasaba algo.

—Nada, estoy bien.

—Lola...

No podía contarle la conversación que había tenido con mi madre. Primero, porque había dicho que era feo. Mi madre tenía mal gusto, no podía juzgarla por ello. Segundo, porque en pocas palabras me había dejado caer que Nico se iba a morir.

Así que, no, no podía contárselo.

Pero algo que sí llevaba rondando por mi cabeza desde aquella charla era su enfermedad. Valeria en su día la definió como «rara». Tan extraña que me era imposible recordar el nombre en ese momento.

—¿Cómo se llamaba tu enfermedad?

—Sarcoma de Ewing. ¿Por qué lo preguntas?

—Nada, es que no me acordaba.

«Creo que no ha colado.»

—Si tienes alguna pregunta sobre el tema, prométeme que no vas a buscar en Google. Pregúntame a mí, no tengo problema en hablar contigo sobre ello. Es lógico que te surjan dudas.

—¿Por qué no debería buscar en internet?

—Por la misma razón por la que no debes buscar «¿Por qué me duele la cabeza?».

—Vale, ya entiendo. Todo es una exageración y lo único que consigues es pensar que te quedan cinco minutos de vida.

—Exacto. Si quieres saber algo, yo soy el que va a revisión cada tres meses, habla con los médicos y ha vivido en un hospital un año. ¿Quieres que te sea sincero?

—Claro que sí.

—Esta enfermedad no tiene cura. No sé dónde voy a estar ni dentro de un año, ni dentro de un mes, ni mañana. Lo que sí sé es que quiero vivir el presente y, ahora mismo, lo que más me gusta del aquí y ahora es estar contigo.

Nico acababa de darle la razón a mi madre. Si la cosa empezaba a ir en serio, no podría prometerme un mañana.

Pero ¿sabéis qué? Nunca me importó.

En absoluto.

Nico era la persona más increíble que había conocido en mi vida. No iba a dejarlo escapar por una cosa que ni él ni yo sabíamos cuándo iba a pasar.

Capítulo 28

Lola

Los exámenes del primer trimestre estaban a la vuelta de la esquina. Cada vez que entraba en el instituto podía notar el estrés y la ansiedad de mis compañeros. Era escalofriante.

Aunque dudaba de que fuese a experimentar la vida universitaria, yo también estaba nerviosa. Quería hacer la selectividad para guardar la nota, por si en algún momento cambiaba de opinión con respecto a la uni. Tenía que sacar buenas notas, ya que en algunos grados la nota de bachillerato contaba muchísimo para poder entrar. Así que, sí, estaba bien jodida.

Dejando todas las preocupaciones sobre mi futuro a un lado, lo que de verdad necesitaba en ese momento era aprobar segundo de bachillerato, para no tener que repetir y pasar un año más en el instituto, pero sobre todo para no cabrear aún más a mi madre. Lo que me faltaba.

Heyyyyy, cómo llevas el estudio?

Llevaba toda la tarde metida en mi habitación y había puesto el móvil en modo avión para no tener la tentación de cogerlo cada vez que sonaba. Después de cuatro largas horas estudiando a Kant, cosa que me costó más de la cuenta por no haber prestado atención en clase, miré mi teléfono para descansar un poco.

Bastante mal :(. A este señor no hay quien lo entienda, y encima me ha bajado la regla y estoy fatal.

Me encantaría ayudarte, pero cuando te dije que acabé bach, realmente fue un poco regalado, jajajaja.

Fue por fuerza mayor, no cuenta, idiota. Jajjajaja.

Y qué te pasa con la regla? Te pones muy mal?

Ni te lo imaginas... He llegado a desmayarme del dolor.

Joder...

Ahora mismo solo quiero tumbarme en la cama hecha una bolita y comer helado de vainilla. Tengo que seguir estudiando, luego hablamos <3.

Puse el teléfono en modo avión de nuevo y continué con el filósofo más pedante que había estudiado hasta la fecha.

Al cabo de un rato sonó el timbre, cosa que me pareció extraña, ya que mi madre rara vez recibía visita. Abrí un poco la puerta de mi habitación para cotillear quién era.

—¡Hola! Soy Nico, encantado.

—¡Encantada! Pasa, pasa, no te quedes ahí.

«¿He oído bien?»

Antes de abrir me miré en el espejo de mi habitación, me peiné un poco..., no tenía mucho arreglo tampoco. Salí y ahí estaba Nico.

—¿Qué estás haciendo aquí? —dije entre dientes.

No estaba preparada para que Nico conociera a mi madre. Ese día no. No estaba planeado. ¿A quién se le podría ocurrir presentarse así sin avisar? Solo a él.

—¡Es que quería traerte helado! —respondió mientras levantaba una bolsa del súper con entusiasmo.

«Es imposible enfadarme con este chaval, es demasiado tierno.»

—¡Pero qué mono! ¿Quieres quedarte a cenar? —lo invitó mi madre.

«Di que no, di que no...»

—Muchas gracias por la invitación, pero sé que Lola está un poco agobiada con los exámenes y no quiero distraerla. Solo venía a traerle el helado.

—¿Agobiada? Pero si se pasa la tarde con el teléfono. Quédate, anda.

Nico vio cómo mi cara cambiaba por completo y, aunque le costó rechazar la oferta de mi madre, consiguió convencerla.

—Prometo que me guardo la invitación para otro día. —Sonrió.

Capítulo 29

Lola

La visita de Nico no duró más de cinco minutos, pero el hecho de que estuviese cerca de mi madre hizo que me pareciese eterna. Por suerte, esta vez mi madre no soltó nada fuera de lugar.

Nos despedimos de ella y acompañé a Nico a su coche para estar solos un rato, aunque fuese corto.

—Sabes que me encantaría que te quedaras, pero todavía tengo que prepararte mentalmente para cenar con mi madre.

Me agarró la cara con ambas manos y se agachó para darme un corto pero cálido beso en los labios.

Me encantaba cuando hacía eso.

—¿Y eso por qué?

—A veces puede ser bastante directa y decir cosas fuera de lugar... Es un poco incómodo.

—He visto que había algo de tensión...

—¿Cómo no la va a haber? ¿Has oído lo que ha dicho? —Me alejé de él—. Me paso las tardes estudiando para que ella diga que me tiro el día con el móvil.

—¿Tú sabes que has estado estudiando? Pues ya está. Si

realmente has estado con el móvil en vez de estudiando, solo te estás engañando a ti misma. ¿Qué más da lo que ella piense?

—Entiendo lo que quieres decir, pero es un poco frustrante que, haga lo que haga, para ella nunca sea suficiente. —Noté cómo se me formaba un nudo en la garganta.

—Ven aquí, anda. —Me envolvió con sus largos brazos y me dio un abrazo.

Me encantaban los abrazos de Nico, eran los mejores del mundo. Era tan alto que mi cara quedaba justo a la altura de su pecho. No era un chico de los que se ponían tres litros de perfume, pero tenía un olor característico. No podría definirlo, era olor a Nico.

«Estás pillada, pero mucho.»

¿Quién en su sano juicio no se iba a pillar de un tío como él?

Tenía responsabilidad afectiva, sabía escuchar, era detallista y atento, además de que con un solo abrazo era capaz de calmarme. Por no hablar de lo guapo que era y, además, aunque la enfermedad le hubiera cambiado el color del pelo, en el fondo de su alma seguía siendo un pelirrojo. Lo más importante era lo último, y no admito discusión.

«Lo que más me gusta del aquí y ahora es estar contigo.»

Me sentía exactamente igual que él.

Querer dar un paso más con alguien a quien conocía desde hacía tan poco era una locura con todas las letras, pero me daba igual.

«Voy a pedirle salir.»

Una parte de mí deseaba con todas mis fuerzas que fuese él quien me lo pidiese. Nunca me lo habían pedido, siempre era yo la que daba el primer paso. Recordé la noche de mi primer beso con Nico. Él no hizo ni un movimiento, así que di por hecho que esa responsabilidad también caería sobre mí.

—¿Te ha gustado la sorpresa? —Puso ojitos de cachorrito.

—Pues claro, idiota. Pero avisa a la próxima, por favor. —Me reí.

—Entonces ya no será una sorpresa.

—Bueno, pues asegúrate de que mi madre no esté en casa.

Salimos del edificio y el coche de Nico no estaba. Su madre lo necesitaba, así que había venido hasta mi casa en autobús. Me supo mal que no se quedara a cenar, había venido para un rato muy corto.

—¿Nos vemos el viernes? —preguntó mientras se subía al autobús.

—Claro, lo estoy deseando. —Sonreí.

Era mi momento. Justo antes de que se cerraran las puertas del vehículo, solté:

—¡Somos novios!

Nico abrió unos ojos como platos y el bus comenzó a moverse. Caminé hacia mi casa sin mirar atrás, me moría de la vergüenza. Mi móvil empezó a vibrar y supe que era un mensaje de Nico.

Acabas de pedirme salir?

Yo? Para nada, jajajaa.

Cómo que no?

Que yo sepa, no te lo he preguntado.

Cierto. Entonces somos novios porque tú lo has decidido?

Sí, se podría decir que te he obligado.

Jajajaj! Madre mía, Lola, eres única hasta para pedir salir a alguien.

Crees que vamos demasiado rápido?

Rápido? Acaso hay tiempos marcados para querer estar con alguien?

No..., pero apenas nos conocemos. No sé, no quiero cagarla.

Quieres estar conmigo?

Claro.

Pues es lo único que importa. Que lo jodan, al tiempo.

Capítulo 30

Lola

Nico y yo llevábamos un mes saliendo. Treinta días para ser exactos.

Me sentía como en una nube blanca y esponjosa de algodón, de la cual no quería bajarme nunca.

—¿Seguro que quieres ir? De verdad que no pasa nada.

—Claro que quiero ir, sé que es importante para ti.

Nico estaba a punto de conocer a toda mi familia. Ocho miembros, para ser exactos: mis abuelos, mi primo Álex, mi tío, mis dos tías y mis primos pequeños, Hugo y Amaia, que siempre estuvieron al día de todo lo que pasaba y no paraban de decirme que querían conocer a la persona capaz de aguantarme tanto tiempo.

Sí, dado mi historial, un mes era suficiente para convertirlo en el tío que más me había soportado.

Muy triste.

La opinión de mi familia era muy importante, así que me pareció buena idea que Nico se uniera a una de nuestras comidas familiares de los domingos.

—Lo más importante de todo es que no toques a *Zoe*.

—¿Voy a conocer a tu familia y me estás diciendo que lo más importante es que no toque al perro?

—Sé que les vas a caer bien, pero *Zoe* es la que más te va a juzgar. Odia a todo el mundo, hazme caso.

—¿Qué te juegas a que consigo acariciarla en menos de media hora?

—Me juego lo que quieras. Ese animal desconfía de todos los desconocidos que entran en casa.

—Si gano yo, elegiré las películas que veamos durante un mes.

—Hecho. —Acepté porque Nico siempre era el que elegía igualmente, aunque fuera incapaz de aceptarlo.

Llegamos a casa de mi abuela y nos recibió mi abuelo. Le hizo un escáner de arriba abajo a Nico y a mí casi me entra un ataque de risa.

—¿Y este quién es?

—Abu, es mi novio. Te dije que hoy te lo iba a presentar.

—Menudo pintas... Pasad, anda.

La cara de Nico era un poema. Mi abuelo era como Gruñón de los siete enanitos con todo el mundo menos conmigo. Yo era su favorita.

—No te preocupes, lo hace de broma.

—Menos mal.

Acto seguido apareció *Zoe*, ladró al rubio y este se agachó para acariciarla. El animal salió corriendo y se escondió debajo de la cama de mis abuelos.

—Te dije que no lo ibas a conseguir.

—Ya verás como sí.

Le hice un pequeño *house tour* a Nico y pasamos a la cocina, donde estaba mi abuela. Como siempre.

—¡Hola, *iaia*! Te presento a Nico.

Nico se acercó a ella para darle dos besos, pero mi *iaia* lo agarró y lo estrujó en un abrazo. Fue una escena bastante graciosa, ya que Nico le sacaba como cinco cabezas, sin exagerar.

—Madre mía, eres más guapo en persona.

—Muchas gracias. —Se puso un pelín rojo—. Tenía muchas ganas de conocerla.

—Uy, a mí no me hables de usted, que eso significa que me estoy haciendo mayor —bromeó.

—¿Está el tete?

—Sí, creo que está abajo, con tu tío y la barbacoa.

—Genial, vamos.

—No, no, no. Él se queda aquí conmigo. ¿Sabes marinar un pollo?

Estaba siendo la situación más surrealista de toda mi vida. Nico tenía una cara de «Tierra, trágame» increíble, pero quería impresionar a la *iaia*, así que se puso manos a la obra. Mi abuela condimentó el pollo y le pasó el recipiente.

—Lávate las manos y empieza a removerlo.

Nico cumplió las órdenes de la *iaia* sin rechistar y metió las manos en el pollo para removerlo. Hoy sigo sin saber cómo logré aguantarme la risa. Fue una imagen que nunca podré borrar de mi cabeza.

Capítulo 31

Lola

—Bueno, bueno... ¿Dónde está el desafortunado?

—Ja, ja, ja. ¡Eres tan gracioso!

Mi primo Álex siempre había desempeñado el rol de hermano mayor conmigo, haciéndome rabiar y pasándose de sobreprotector. Eso último fue aún más notable cuando mi padre murió. Sintió que debía ser mi escolta para cualquier situación y protegerme, sobre todo de los chicos.

La cosa era que, en la mayoría de los casos, yo parecía la hermana mayor. Era mucho más responsable que él y siempre andaba pidiéndome consejos en cada paso que daba. Álex nunca tomaba una decisión sin antes consultarme.

—¿Ha venido o ha huido de la situación? Yo huiría si tuviese que conocer a esta familia de locos —añadió mi tío.

—No ha huido, pero creo que ahora mismo desearía no haber aparecido. —Reí.

—¿Por qué?

—La *iaia* lo ha puesto a marinar el pollo nada más entrar...

—¡Eso tengo que verlo!

Álex salió corriendo hacia el piso de arriba y fui tras él para pararlo.

—Por favor, ¡deja de ser tan capullo!

Entramos en la cocina y, para mi sorpresa, Nico y la *iaia* no estaban. Nos dirigimos al salón y Álex se paró en seco.

—¿Qué pasa? —pregunté.

—Te lo dije.

Sentí cómo mi mandíbula tocaba el suelo. Nico estaba sentado en el sofá, junto a mi abuelo, y se encontraba acariciando la barriga de *Zoe*. No me lo podía creer.

—Ni media hora he necesitado —me vaciló—. Diecisiete minutos, para ser exactos.

En los seis años de vida de aquella perrita, nunca había visto que alguien fuese capaz de acariciarla en la primera visita. Nadie. Mis amigos llevaban años viniendo a casa de mis abuelos y la mayoría no habían sido capaces ni de acercarse a ella.

«¿*Zoe* está intentando decirme que es él?»

Tal vez, aquel pequeño ser que no llegaba ni a los cinco kilos era el filtro perfecto para los hombres. De haberlo sabido antes, me habría ahorrado un par de traumas.

—Pero ¿este tío es César Millán o qué?

—Cállate de una vez. —Le di un golpe en el hombro a mi primo.

—Yo creo que ha visto que está muy delgado y ha pensado que es hueso fácil —bromeó mi abuelo—. Mi perra es muy lista.

—¡Abu!

—Venga, vamos a comer.

La comida fue tranquila, sin preguntas incómodas ni nada fuera de lugar. La verdad es que mi familia ya sabía toda la historia y conocían a Nico a la perfección solo por lo pesada que había sido hablando de él.

Al acabar de comer, ayudamos a recoger y nos fuimos al salón para ver una película con mi familia. Siempre habíamos sido muy de Disney, así que pusimos *Ratatouille* porque era la favorita de mi prima.

—Nico, tengo que irme.

Tenía que ir a casa de Sofi para hacer un trabajo de Latín y había quedado con Nico en que me llevaría. Me volví para mirarlo y estaba más pálido de lo normal, con los labios morados. No me había dado cuenta, ya que me había quedado un poco traspuesta viendo la película.

—¿Estás bien?

—Creo que tengo un poco de fiebre y me duele mucho la cabeza.

Me levanté del sofá y Nico se hizo una bolita para que lo tapara con una manta. Mi abuela se acercó a él para tocarle la frente y comprobar si tenía fiebre.

—Juraría que sí, pero voy a coger el termómetro para asegurarnos.

—¿Por qué no me has dicho nada?

—He visto que estabas medio dormida y no quería molestarte.

—Qué tonto eres...

Efectivamente, tenía un poco de fiebre. Mojé unas toallas con un poco de agua fría y se las coloqué en la frente.

—No pasa nada, estoy bien. Venga, que te llevo.

—¿Qué? Ni de broma, tú te quedas aquí hasta que te baje la fiebre —contestó mi abuela.

—¿No te importa, *iaia*?

—Claro que no, déjalo aquí conmigo.

Mi abuela se sentó al lado de Nico y a este se le iluminaron los ojitos. Pude sentir cómo extrañaba a su abuela y, en parte, la vio reflejada en la mía.

—Me sabe fatal dejarte aquí, pero necesito hacer el trabajo.

—No te preocupes, estoy en buenas manos. —Sonrió.

Le di un beso en la frente y mis tíos me llevaron hasta casa de Sofi.

Capítulo 32

Lola

A partir de aquel día, los dolores de cabeza de Nico fueron cada vez más fuertes. Después de muchos meses de espera, llegó marzo. La primera revisión del año y el principio de un virus del cual no teníamos ni idea.

Todo el tema del covid me tenía un poco agobiada, así que Nico, *Zoe* y yo nos fuimos a pasear un rato. Nico era una persona de riesgo. Ese invierno me vacuné de la gripe, cosa que no había hecho en mi vida, porque cualquier prevención era buena. El hecho de que hubiese un virus letal rondando por ahí me daba pánico.

—¿Y qué te van a hacer?

—Una resonancia, es horrible.

—¿Por qué?

—Me agobia muchísimo, pero es lo más preciso para saber si sigo limpio.

—¿Es esa máquina gigante en la que te meten y te tienes que estar lo más quieto posible?

—Esa misma, es bastante claustrofóbica. Por suerte, tengo enchufe y me dan un sedante, como a los niños.

—Pobre bebé... —Hice un puchero.

—Si supieras lo que se siente, no te reirías tanto. —Me pegó un pellizco en el brazo.

«Cierto.»

—¿Estás bien?

—El día antes de una resonancia siempre estoy nervioso, pero no te preocupes, todo va a salir bien.

—Tengo un poco de miedo.

—Ven aquí. —Me abrazó—. Escúchame, es completamente normal que te sientas así. Por desgracia, esto es algo que no podemos controlar y no merece la pena comernos la cabeza si no sabemos los resultados todavía.

Creo que era la primera vez que lo veía tan serio.

—Además, estoy buenísimo, y si vuelvo a tener cáncer, me lo cargaré otra vez —dijo mientras flexionaba el brazo y se daba un beso en el bíceps.

Ahí estaba de nuevo el Nico que se lo tomaba todo con humor y era incapaz de tener una conversación seria.

Me dio un beso en la frente y fuimos a dejar a *Zoe* en casa de mis abuelos. Aunque parecía un poco nervioso, sus palabras me calmaron muchísimo.

—Mañana me avisas cuando salgas de la prueba.

—Sí, tranquila.

Nos despedimos y subí a casa. Mi madre estaba pegada al televisor con las manos en la cabeza.

—Pero ¿qué te pasa?

—Esto es serio, nos van a encerrar.

—Pero ¿qué dices?

—El gobierno acaba de decir que estamos en estado de alarma, no podremos salir de casa hasta nuevo aviso.

«¿Cómo que nos van a encerrar?»

¿No iba a ir a clase? ¿No iba a poder quedar con mis amigas? ¿Tampoco podría ver a Nico?

Entré en Twitter para verificar lo que mi madre acababa de decir, no me lo podía creer. Todo el mundo estaba como loco, y esa noche no pude dormir. Nico tenía una resonancia al día siguiente, en la que sabría si había vuelto a recaer o no, y no podría verlo después de la prueba.

De hecho, no sabía cuándo volvería a verlo.

Capítulo 33

Lola

Holaaaaaaa! Te sientes más vieja???

Todavía noooooo. Estoy triste :(.

Y eso?

Mañana cumplo los dieciocho y no voy a poder celebrarlo contigo.

Ay, pequeña :(, lo sé, es una mierda.

En ese momento se me juntaron demasiadas cosas. Llevaba media adolescencia esperando a que llegara mi mayoría de edad y celebrarlo con mis amigos por todo lo alto, pero no iba a ser posible. También era mi primer cumpleaños con Nico y tampoco podría estar con él. Una pandemia había dejado a todo el mundo encerrado en su casa hasta nuevo aviso. Todo era demasiado surrealista.

Llevábamos cuatro días encerrados y parecía que el mundo

se hubiera convertido en un capítulo de *The Walking Dead*. La gente se volvía loca en los supermercados, los hospitales estaban colapsados y mi madre se subía por las paredes.

—No puedo más, Lola, a la gente se le ha ido la pinza por completo.

Al trabajar en un centro de salud, mi madre tenía que acudir a su puesto de trabajo todos los días. No llevábamos ni una semana en estado de alarma y ya me contaba anécdotas dignas de una película. Pero era la realidad pura y dura.

—Si me pagaran por cada vez que digo «¡Haga el favor de ponerse bien la mascarilla!», me estaría quejando de esto en las Maldivas.

—Bueno, tendrías que esperar a que volviesen a abrir los aeropuertos. —Reí.

—Ah, ¿te hace gracia? Es muy fácil hacer bromitas cuando no sales de casa.

—No puedo salir aunque quiera. Además, te dije que podía ir yo a comprar y no me has dejado.

—Es verdad, prefiero que te quedes en casa. La gente está fatal, a ver si te van a pegar una paliza por coger el último rollo de papel higiénico.

De pronto, una llamada de un número desconocido apareció en la pantalla de mi teléfono.

—¿Sí? —contesté mientras me dirigía a mi habitación.

—Soy Raquel, la madre de Nico. He buscado tu número en su móvil sin que se enterase.

Mi corazón se paró por un segundo. Raquel y yo solo nos habíamos visto un par de veces. La mayor parte del tiempo, Nico y yo estábamos en mi casa, por lo que no habíamos coincidido mucho.

—Sí, dime. —Intenté que no me temblara la voz.

—Ojalá no tuviese que decirte esto por teléfono, pero ahora mismo no tengo otra manera de hacerlo. —Su voz empezó a quebrarse—. Acaban de llamarme del hospital...

«No, no, no, no, no, no...»

—Nico ha tenido una recaída, esta vez lo tiene en la cabeza. Él todavía no sabe nada.

Tenía que ser mentira. Deseé con todas mis fuerzas que fuese mentira.

Noté que el aire no me llegaba a los pulmones y que los ojos se me llenaban de lágrimas. Me senté en la cama y colgué el teléfono. Mi corazón iba a mil por hora y sentí cómo las paredes de mi habitación se hacían cada vez más pequeñas. Empecé a gritar, y mi madre entró corriendo.

—¡Lola, respira! —Noté que me zarandeaba, pero me era imposible manejar mi cuerpo—. ¡¿Qué pasa?!

Quise romperlo todo.

«¿Por qué? ¿Por qué? ¿Por qué? ¿Por qué?»

Era lo único que sonaba en mi cabeza. Una y otra vez.

Capítulo 34

Lola

19 de marzo. Mi dieciocho cumpleaños.

Por desgracia, mi cumpleaños coincidía con el Día del Padre, y su falta había hecho que dejara de disfrutar de ese día desde hacía cinco años. Como cualquier adolescente, siempre me imaginé esta fecha con una fiesta a lo grande para celebrar mi mayoría de edad.

Era por eso por lo que, por primera vez en años, tenía ganas de volver a organizar algo con mis amigos. Pero todo cambió cuando llegó la pandemia y a Nico le detectaron un tumor en la cabeza.

Nico y yo llevábamos seis meses cuando el cáncer volvió a atacar a su delgado cuerpo. Todo lo que estaba pasando era tan surrealista que mi cabeza era incapaz de procesarlo. A veces, de forma inconsciente, me pellizcaba los brazos para saber si estaba soñando.

—¡Feliz cumpleaños, pequeña! Ojalá pudiera estar ahí contigo para celebrarlo.

Nico me hizo una videollamada, ya que en ese momento era la única manera que teníamos de «vernos».

Todavía no me había levantado de la cama y estaba completamente a oscuras. Su cara en la pantalla iluminó toda la habitación como un rayito de sol. Tener a Nico en mi vida me hacía sentir así muchas veces.

—Gracias. —Sonreí sin enseñar los dientes—. ¿Te han dicho ya cuándo te operan?

—No, todavía no. Hoy han vuelto a llamar para decir que siguen sin camas.

Nico tenía un tumor en la cabeza del tamaño de una naranja y los hospitales estaban tan colapsados que no quedaban camas vacías en la uci para operarlo. Era una completa locura.

Todos los días, a las siete de la mañana, los médicos llamaban a su madre desde el hospital solo para decirle «sí» o «no».

«Lo sentimos, no podemos operar a tu hijo porque no tenemos camas.»

Era demasiado surrealista.

—No hay derecho a que te tengan esperando para una operación así...

—Lo sé..., pero en la situación en la que estamos poco podemos hacer. Ahora hay que intentar que disfrutes de tu cumpleaños.

—No sé cómo pretendes que disfrute si ni siquiera voy a pasarlo contigo.

—Podemos estar todo el día en videollamada si quieres. —Rio.

—No es lo mismo...

—Bueno, Lola, solo trato de que sonrías un poco e intentes pasar un buen día. Aunque sea complicado.

—Lo sé, lo siento.

Me quedé mirando la pantalla unos segundos. Tenía muchísimas ganas de llorar, pero no podía hacerlo. No delante de

Nico. Su situación era muy complicada, y no quería que viera que estaba preocupada.

Tenía que ser fuerte. Si yo me venía abajo, sabía que él no podría soportarlo.

—Lola..., lo siento.

—¿Qué? ¿Por qué?

—Ojalá pudiéramos tener esta conversación en persona... —Su voz sonaba entrecortada—. No tienes por qué vivir esto.

—Pero ¿qué estás diciendo?

—Soy una bomba, Lola, ya has visto que en cualquier momento puedo volver a recaer. Viviré otra vez en el hospital, estaré hecho una mierda por el tratamiento, no podré salir... No puedo arrastrarte conmigo.

—¿Eres tonto? ¿Tú crees que me importa todo eso? —Creo que nunca me había puesto tan seria—. Me da igual lo que pase, las veces que tenga que acompañarte al hospital, estar contigo los días que estés más flojo o incluso no salir de casa para no separarme de ti y cuidarte. ¡Quiero estar contigo y punto!

Nico se quedó más pálido de lo que ya era. Mis ojos se llenaron de lágrimas y no pude evitar que cayeran. Me invadía la impotencia por no poder sentirlo, abrazarlo, estar con él para demostrarle que todo estaba bien.

—¿Aunque me quede calvo?

—¡Nico! —No pude evitar reírme. Siempre tenía que hacer alguna broma en los momentos serios.

—¡Responde! —Hizo una mueca.

Aunque ya no fuese pelirrojo, por lo menos tenía rizos.

—Sí, aunque te quedes calvo. Idiota.

Capítulo 35

Lola

—Lola... —Oí la voz de mi madre mientras abría la puerta de mi habitación.

Llevaba todo el día durmiendo, no había salido ni para comer. No estaba de humor.

Mi madre encendió la luz de golpe y gruñí mientras me tapaba la cabeza con el edredón.

—Felicidades. —Me destapó y me dio un beso en la frente—. Hoy me he ido muy pronto al trabajo y no quería despertarte. ¿Qué te pasa?

—No estoy de humor, mamá.

—¡Pero, chica! No todo el mundo cumple dieciocho años en una pandemia. Habrá que celebrarlo...

—¿Qué narices voy a celebrar? Estamos confinados y mi novio tiene cáncer. Creo que tengo dos buenas excusas para quedarme en la cama.

—Por favor, sal y así ves tu regalo —insistió.

Mi madre hizo un puchero y me levanté de la cama. Me vaciló dándome un aplauso con el que casi me vuelvo a tumbar, pero ya había hecho el esfuerzo de ponerme de pie. No iba a volver a hacerlo.

Salí de la habitación y me encontré una torre de papel higiénico en la que se leía el número 18 en la mesa del salón.

—¡Sorpresa!

—¿De verdad?

—¿Tú sabes lo codiciado que está el papel higiénico ahora? Tener un regalo así es de ricos en tiempos de pandemia —bromeó.

Abracé a mi madre y le di las gracias. La verdad es que me hizo gracia. Sentía que mis emociones estaban a flor de piel y no pude evitar que me cayera una lagrimilla. Preparó lentejas para comer, mi comida favorita, y después nos sentamos en el sofá para ver una peli mientras comíamos palomitas.

—¿Quieres que juguemos a algún juego de mesa? —dijo cuando acabó la película.

—No me apetece mucho... ¿Me rapas la cabeza?

Lo cierto era que llevaba muchos años pensando en hacerlo, pero nunca me había visto capaz. Desde los trece me había teñido el pelo de diferentes colores, y durante tres años había sido pelirroja Sirenita. Aunque había intentado teñirme de mi color natural, el rojo siempre conseguía salir a la luz.

Pensé en lo que había dicho Nico y en su futura calva, así la llamaba él. Sabía que le tenía mucho aprecio a su pelo y me pareció buena idea raparme con él. Era una romántica incomprendida.

—¡Pero ¿tú estás loca?!

—Venga, mamá. ¿Qué más da? Estamos encerrados, de aquí a que salgamos ya me habrá crecido. —Hice el puchero más grande de mi vida.

—Está bien. —Me sorprendió lo fácil que fue convencerla.

Entré en el baño y cogí la máquina que utilizaba para cortarle el pelo a *Zoe*. Sí, a veces la bañaba yo en casa porque era imposible llevarla a una peluquería canina. Y, sí, me iba a rapar con la maquinilla de cortarle el pelo a la perra de mis abuelos.

Me senté en una de las sillas de la terraza y mi madre encendió la maquinilla.

—¿Estás segura?

—¡Hazlo!

La máquina empezó a pasar por mi cabeza y vi cómo los mechones comenzaban a caer por mis hombros. Mi pelo no era muy largo en aquella época, así que pensé que tampoco sería un cambio demasiado bestia. No tenía ningún espejo delante, solo podía confiar en lo que mi madre estuviese haciéndome.

—Ya está.

Me pasé la mano por la cabeza y sentí una adrenalina increíble.

«Qué gustito.»

Me levanté corriendo para mirarme en el espejo del baño.

—¡Qué locura!

No sabía si me gustaba o lo odiaba. Por lo menos nadie podía verme por la calle. Cogí mi teléfono y llamé a Nico para enseñárselo por videollamada. Tenía un poco de miedo por su reacción.

—¡Sorpresa! —grité cuando apareció su cara en la pantalla.

—¡¿QUÉ?! —Sus ojos se abrieron como platos—. ¡Lola, estás loca!

—No te gusta, ¿verdad?

—¿Cómo no me va a gustar? —Sonrió—. Con esa cara es imposible que algo te quede mal. Estás preciosa.

—Gracias. —Sentí que mis mejillas empezaban a arder.

—Gracias a ti. —Vi cómo sus pequeños ojos verdes brillaban—. Después de la operación podremos tocarnos las calvas mutuamente.

Capítulo 36

Lola

Martes, 24 de marzo de 2020

Querido papá:

Creo que nunca te había escrito en mi diario de forma directa.

Escribo mucho sobre ti, muchísimo.

Perdón.

Llevo muchos días pensando en escribirte, pero no sé ni por dónde empezar. Todo está siendo un verdadero caos.

Estoy bien en casa, mi vida no ha cambiado mucho desde la cuarentena. Lo único diferente es que no puedo ir a clase, y ya van dos findes que no puedo dormir con Nico. Dos semanas sin verlo, eso sí que se me está haciendo difícil. Además de la situación en la que se encuentra, todavía sigue esperando a que haya una cama vacía en la uci para que puedan operarlo.

Por la familia no me preocupo porque sé que están bien. Todos se han confinado en casa de la iaia *y parece que es-*

tán viviendo un Gran Hermano. *Aunque está claro que también los echo de menos.*

Con mamá todo igual, en su línea. Ya sabes cómo es.

Estos días en casa me recuerdan mucho a nuestras tardes de domingo en el sofá, cenando cereales y viendo pelis sin parar. Qué bien nos lo pasábamos.

Te echo mucho de menos.

¿Fuiste tú el que me envió a Nico? Elegiste muy bien.

Me habría encantado presentártelo, es bastante payaso. Aunque siempre fuiste muy sobreprotector conmigo, yo creo que os habríais llevado bastante bien.

¿Piensas que estoy loca si te digo que quiero casarme con él?

Llevo muy mal todo lo que está pasando, sobre todo el no poder estar con él sabiendo que no atraviesa un buen momento. El otro día soñé con nuestra boda y aparecías tú. Me llevabas al altar y me dabas un beso en la frente al recorrer el largo pasillo.

Me encanta soñar contigo. Es la única manera que tengo de verte. Lo que es curioso es que en mis sueños siempre tienes el mismo aspecto. No envejeces. Llegará un punto en el que yo seré más vieja que tú. Será raro.

Tengo miedo.

No estoy preparada para perder a otra persona. No podría.

Papá, mándale fuerzas, todas las que puedas. Nico las necesita. Si te sobran unas poquitas, que sean para mí.

Te quiero.

Capítulo 37

Lola
25 de marzo de 2020

—Nico acaba de entrar en quirófano —dijo Raquel desde el otro lado del teléfono—. Todo ha sido muy rápido, hemos salido corriendo en cuanto nos han llamado.

—Por fin. —Suspiré—. Creo que la espera nos tenía un poco desquiciados...

—Ya te digo. Siento que no hayas podido hablar con él antes de la operación.

—Tranquila, lo que importa ahora es que todo salga bien.

El cirujano que operó a Nico era vecino de sus abuelos, por lo que pensamos que no podría estar en mejores manos. Era alguien de confianza para su familia y que lo había visto crecer.

Aquella operación podía acabar de varias maneras.

Lo primero que le dijeron fue que el tumor había llegado a tocar el cráneo, por lo que tendrían que quitar parte del hueso y Nico necesitaría llevar una prótesis durante... no se sabía cuánto tiempo.

Por no hablar de los efectos secundarios y algunas complicaciones como infecciones, sangrados, coágulos..., incluso la muerte.

Pensé en todas las cosas que todavía no le había dicho a Nico y se me hizo un nudo en la garganta. Por ejemplo, nunca le había dicho «Te quiero». ¿Cómo había podido ser tan tonta?

Fui al baño a lavarme la cara, necesitaba despejarme. Avisé a mi madre por WhatsApp; ella también estaba muy preocupada por Nico, aunque no quisiera decírmelo.

Desayuné, cogí mi tablet y entré en una clase online de Historia del Arte. Estaba sola en casa, Nico tenía la cabeza abierta en un quirófano y mi mente no podía más. Toda distracción era buena, aunque me fue imposible prestar atención más de cinco minutos seguidos.

En cuanto Valeria me vio conectada a la clase, me escribió un mensaje.

Cómo va? Todavía siguen sin una cama para él?

Ahora está en quirófano. Han llamado esta mañana.

Tía! Por qué no has dicho nada?

Me he enterado hace 20 min y he puesto el piloto automático. Lo siento, estoy intentando no pensar.

Tranquila, es completamente entendible. Si necesitas algo ya sabes. El gótico está bien chulo, amiga.

Jajaja, qué tonta... Gracias <3.

Todo va a salir bien <3.

Siete horas después seguíamos sin saber nada y mi ansiedad iba en aumento, tanto que, cuando mi madre volvió del trabajo, lo agradecí.

—¿Sabes algo? —me preguntó preocupada.

—Todavía no.

—¿Te preparo algo de comer? Seguro que no has comido nada en todo el día.

—He desayunado, pero de verdad que ahora mismo no me entra nada.

Tenía muchísima angustia. La incertidumbre iba a acabar conmigo. Por primera vez me di cuenta de la situación en la que estaba Nico. Que en cualquier momento podía irse. Sin más.

Eso no quería decir que hasta ese día no fuese consciente de su enfermedad, todo lo contrario. El cáncer siempre había estado presente, pero siempre lo había visto como algo lejano.

«Es fuerte, no le volverá a pasar. Él puede...», me repetía todos los días, hasta que la vida volvió a darme una hostia de realidad en toda la cara.

Mi móvil empezó a sonar y pegué un salto para cogerlo. Me temblaban tanto las manos que me costó responder.

—¿Sí?

—Está todo bien —respondió Raquel entre sollozos.

Me di cuenta de que había estado conteniendo la respiración cuando solté el aire de golpe. Miles de lágrimas comenzaron a recorrer mi cara. No me lo podía creer. Estaba eufórica.

«Gracias, papá.»

—Le he dado su teléfono a un enfermero de confianza. Todavía está dormido por la anestesia, pero me ha dicho que te llamaría en cuanto despertase.

—Gracias por llamarme, Raquel. No sabes cómo te lo agradezco.

—Me lo imagino, hija. Es lo mínimo que puedo hacer, eres su fuerza para seguir.

Capítulo 38

Lola

—Hola, pequeña. —La cara de Nico apareció en la pantalla de mi teléfono.

—¿Cómo puede ser que estés guapo hasta recién salido de quirófano? —Se me iba a salir el corazón del pecho.

Tenía el rostro hinchado y una venda le cubría toda la cabeza. De fondo se oía muchísimo jaleo y, por las sombras que se formaban detrás de él, podía ver cómo médicos y enfermeros corrían de un lado a otro.

—Calla, anda, si parezco la princesa bultos de *Hora de aventuras* —bromeó. Hasta en esos momentos me hacía reír—. Me han rapado para la operación, igual me vuelve a salir el cabello pelirrojo.

—Cambias más de pelo que Barbie de trabajo. —Reí—. ¿Cómo te encuentras?

—Pues todavía voy un poco drogado, no te voy a mentir.

—Sí, se nota. Hablas como si estuvieses borrachillo. —Sonreí—. ¿Cuánto tiempo vas a estar en la uci?

—Pues es gracioso, porque seguramente me vaya dentro de un par de días.

—¡¿Qué?! ¡Pero si te acaban de abrir la cabeza!

—Lola, esto es un verdadero caos... Los médicos me han dicho que es más peligroso que me quede aquí y pille el covid tal como estoy que si mi madre me hace las curas en casa.

No me lo podía creer. Una persona que acababa de pasar siete horas en quirófano por una operación en la cabeza, en la que todo había salido bien, tenía más posibilidades de morir por el covid que por aquella cirugía.

Nico me contó que, cuando lo estaban operando, los médicos vieron que el tumor no había llegado a tocar el cráneo. Ellos pensaban que sí, según lo que habían visto en los resultados de las pruebas. Eso quería decir que lo eliminaron casi por completo sin necesidad de tocar el hueso, por lo que no necesitaría llevar una prótesis.

Si todo iba bien, una vez que la situación estuviera más relajada y su herida casi curada, tendría que ir al hospital para recibir unas cuantas sesiones de radioterapia y quimioterapia. Me ofrecí para acompañarlo a todas las que hiciesen falta.

—A tu madre tendrán que darle el título de enfermera después de todo lo que va a tener que hacerte —le vacilé.

—¿Sabes qué?

—Dime.

—Cuando estaba a punto de entrar en quirófano, el anestesista me dijo que contara de diez a cero y que pensara en algo bonito, para que fuese lo primero que recordara al despertar. ¿Sabes en qué pensé?

—Pues ni idea, la verdad.

—En ti y en lo mucho que te quiero.

«No me hagas esto», le rogué en silencio, pero era una batalla perdida. Me sentí como un barquito de papel enfrentándose al océano. Cada vez que superaba una ola, veía otra más grande detrás. No podía seguir luchando contra las emociones tan fuertes que me despertaba.

—Joder, Nico, había conseguido dejar de llorar —protesté sonriendo y llorando a la vez—. Yo también te quiero. Te quiero mucho.

Tras unos instantes silenciosos pero cargados de emoción, se despidió diciendo:

—Eres lo mejor que tengo.

Capítulo 39

Lola

La situación avanzaba de forma muy positiva.

Como Nico me contó, a los dos días de la operación ya estaba en casa y su madre fue curándole la herida cual enfermera. Siempre aprovechábamos ese momento para hacer videollamada y hablar un poco. El resto del día lo pasaba durmiendo y tirado en la cama, cosa que me parecía de lo más lógica y normal.

Cualquier tipo de estímulo durante más de cinco minutos le daba dolor de cabeza, como por ejemplo el teléfono. Por no hablar de lo horripilante que debía de ser llevar cuarenta y dos grapas en forma de diadema por todo el cráneo.

Te echo mucho de menos. Solo quiero abrazarte y estar contigo.

Yo también, ya verás como dentro de muy poquito estamos juntos otra vez.

Valoraba mucho el esfuerzo que hacía por escribirme e intentar hablar conmigo. Él sabía que el no poder estar a su lado me dolía muchísimo. A veces solo cogía el teléfono para escribirme un «Te quiero», aunque no hiciera falta porque entendía perfectamente su situación y ya sabía lo mucho que me quería.

Era increíble la fuerza que tenía para demostrarme que todo estaba bien y no preocuparme de más.

Las semanas pasaban y a principios de mayo llegaron los exámenes finales y la fase cero. Como su nombre indicaba, el gobierno anunció que podríamos ir saliendo de casa según la fase en la que nos encontrásemos. En esta solo podíamos salir a pasear a un kilómetro de distancia como máximo.

La casa de mis abuelos se encontraba a cuatrocientos metros exactos de la mía. Sí, me molesté en mirarlo en Google Maps porque me daba ansiedad pensar que la policía podía pararme y preguntarme adónde narices iba.

Me sentí como Rapunzel cuando logró salir de la torre. Volver a pisar la calle me pareció algo increíble.

Cuando no llevaba ni cien pasos, vi un coche de policía doblar la esquina. No miento si digo que casi me hago pis encima. No quería levantar sospechas porque iba a cometer una ilegalidad.

«¿Estoy caminando muy rápido? ¿Demasiado despacio? Joder, Lola, camina normal y ya está.»

Claramente no me dijeron nada, casi ni me miraron. Pero quiero que os pongáis en mi situación. Siempre me había dado pánico saltarme las reglas, e incluso que me pillaran jugando al escondite me provocaba taquicardias. Eso para mí era lo más parecido a una misión de James Bond que iba a experimentar en la vida.

Conseguí llegar a casa de mis abuelos sin ninguna detención y toqué al timbre.

Álex me abrió la puerta con una mascarilla puesta. Por si no lo había mencionado, es hipocondríaco, así que toda esa situación pandémica había hecho que perdiera el poco juicio que le quedaba.

—¿Me vas a dejar pasar o necesitas que me haga antes un test de antígenos? —le vacilé.

—No juegues con fuego, te recuerdo que tu madre trabaja en un centro de salud. A saber todos los gérmenes que traes.

—Madre mía, estás peor de lo que pensaba.

—Y tú estás más Caillou de lo que pensaba.

—¡Déjame pasar ya, pesado! —Me sacaba de quicio—. ¡He tenido que esquivar a la policía para poder llegar hasta aquí!

«Me encanta exagerarlo todo.»

—Pasa, anda, pero ni se te ocurra acercarte a mí.

Conseguí que me abriera del todo aquella puerta de hierro que llevaba meses sin cruzar. Pasé, pero no sin antes toserle en la cara a Álex para cabrearlo. Era gracioso ver a un tío con el cuerpo de un croissant quejarse como un niño de cinco años.

—¡¿Eres tonta o qué te pasa?! —gritó.

Capítulo 40

Lola

—¿Os veis después de casi tres meses y ya estáis peleando? —nos regañó mi abuelo.

Álex me inmovilizó pasándome el brazo por el cuello y empezó a frotarme la cabeza como si fuera una lámpara mágica.

—Chicos..., juego de manos, juego de villanos. —A mi abuelo le encantaba decir esa frase siempre que nos peleábamos.

—¡ABU! —grité mientras corría para darle el abrazo más grande del mundo.

—Mi brujita... —Empezó a llorar y no pude evitar hacer lo mismo.

—Ya está, abu, lo importante es que estamos todos bien.

—¿Y la mamá?

—Trabajando como una loca... La pobre llega reventada, pero por suerte se ha librado del virus.

—Toquemos madera.

—¿Es que a mí nadie va a venir a darme un beso? —oí a mi *iaia* mientras se acercaba al pasillo.

Corrí hacia ella con los brazos abiertos y le di un beso en la mejilla.

Mi abuela tardó dos días en raparse después de que yo lo hiciera. Ella siempre llevaba el pelo muy corto, por lo que tampoco había sido un gran cambio. Pero el gesto fue muy bonito, quería muchísimo a Nico.

—¿Cómo va la cosa?

—Bastante bien, la verdad, ya sabes que él es muy fuerte. Me ha dicho que os dé un beso de su parte a todos, pero a ti cien por lo menos.

—¿Cómo no lo voy a querer? ¡Qué zalamero es!

Pasé al salón y ahí estaba el resto de la familia: mis tías, mi tío y Hugo y Amaia, que estaban jugando a la Nintendo Switch. *Zoe* movió la cola desde el sofá al verme y me acerqué a ella para acariciarla.

—¿Un *Mario Kart*?

—¡Sí! —gritaron mis primos al unísono.

Álex y yo habíamos pasado gran parte de nuestra infancia jugando a aquel juego en la Wii. Nos picábamos muchísimo, sobre todo yo, ya que siempre me ganaba. Tenía muy mal perder. Al ver que estábamos jugando se unió a nosotros y nuestra competitividad resurgió como cuando éramos pequeños.

—¡Cómo se nota que la pandemia te está dejando secuelas! —le vacilé.

—No cantes victoria tan rápido, voy pisándote los talones.

«Cómo echaba de menos esto.»

Cuando Álex y yo nos poníamos en ese plan, los pequeños jugaban a su rollo y ni se molestaban en intentar ganarnos. Éramos demasiado competitivos.

—¡Gané! —grité levantándome del sofá de un brinco—. Pensabas que me ibas a adelantar en la última curva, ¿eh?

—Nunca imaginé que diría esto, pero bien jugado.

—¿Qué has dicho? Es que no te he oído bien...

—Lo he dicho una vez, suficiente.

Mi móvil empezó a vibrar y la pantalla se encendió con el nombre de Raquel en ella. Eso solo podía significar que algo no iba bien.

—Dime, Raquel —contesté.

—Hola, cariño. —Parecía tranquila—. Estamos en Urgencias, pero todo está bajo control.

—¿Qué ha pasado? —Todas las miradas de mi familia se dirigieron hacia mí.

—Esta mañana, Nico no podía mover la mitad del cuerpo. Estaba completamente paralizado y veía borroso por el ojo izquierdo.

—¿Está bien? ¿Necesitas que vaya?

—Tranquila, está todo en orden. Parece ser una secuela de la operación, como un tipo leve de epilepsia.

—Joder...

—No te preocupes, ahora mismo está durmiendo porque se encontraba un poco mal por el trayecto en coche. Me ha dicho que te llamara porque hacía varias horas que no te contestaba a los mensajes y no quería que te preocuparas.

—Muchas gracias, Raquel. Cuando despierte dile que no se preocupe por mí, que no coja el teléfono, eso solo le hace mal.

—Perfecto, un besito.

«¿Una leve epilepsia? ¿Qué narices quiere decir eso y por qué debería estar tranquila?»

Capítulo 41

Lola

Los exámenes finales estaban a la vuelta de la esquina, pero lo peor era que eso significaba que la selectividad estaba todavía más cerca.

Todos mis profesores eran conscientes de la situación en la que me encontraba y, aunque unos eran más comprensivos que otros, se portaron bastante bien conmigo.

Muchísimas veces pensé qué habría sido de mí si no hubiera llegado la pandemia. Me veía incapaz de ir a clase todos los días, por lo que no salir y tener clases online fue una ventaja.

La vibración del móvil me sacó de mis pensamientos.

Valeria: Ehhhhhhhhh, habéis leído lo que ha puesto Antonio por el chat de clase?

Sofi: Sinceramente, lo prefiero mil veces.

Qué ha pasado? Hay trescientos mensajes, sin exagerar.

Marcos: que haremos selectividad en el insti, nada de irnos hasta la uni para hacer los exámenes.

Y eso? Qué afecta la pandemia a que hagamos los exámenes ahí?

Sofi: Tía, qué más da eso? Si hacemos los exámenes en el insti, significa que nos corregirán nuestros profes.

Marcos: Seguro que ellos se compadecen un poco más de nosotros que unos profes estirados de universidad.

Valeria: No creo que vaya así la movida, pero soñar es gratis.

Si la selectividad ya me importaba bien poco a principio de curso, ahora ya era algo insignificante. No iba buscando una nota para entrar en una carrera como mis amigos ni nada parecido. Solo lo hacía para guardar mi nota por si en un futuro decidía ir a la universidad.

Aunque la palabra *selectividad* no fuese la dueña de mis dolores de cabeza, era cierto que hacer los exámenes en la universidad me daba pánico. Estar en un sitio que no conoces, profesores que te miran por encima del hombro...

Salir de mi zona de confort no me molaba nada.

«Entonces, ¿qué narices voy a hacer con mi vida?»

Después de todo lo que le había pasado a Nico, olvidé por completo mirar algún grado para matricularme. Mi mente no estaba centrada. Agradecí que mi madre no me hubiese comido mucho la cabeza esos meses, pero si se me ocurría decirle que todavía no tenía ni idea de lo que iba a hacer... Preferí no pensarlo demasiado.

Busqué en Google «Grados superiores» y se desplegó una lista enorme en la que ni uno solo me llamaba la atención.

«Venga, Lola, algo se te tiene que dar bien de lo que hay aquí.»

Busqué, investigué y seguí buscando, hasta que... ¡Bingo!

—Mamá, voy a estudiar Caracterización.

—¿Qué narices es eso? —saltó.

—Efectos especiales con maquillaje, para el cine.

—Ya te digo yo a ti que no vas a estudiar eso.

—¿Qué? ¿Por qué?

—Eso no sirve para nada y no tiene salidas.

—Cuando me dijiste que tenía que estudiar algo sí o sí, podrías haber dicho que ese algo sería lo que tú quisieras. Me habrías ahorrado muchos dolores de cabeza. No hay quien te entienda.

Como de costumbre, pensé que estaba haciendo lo correcto para que mi madre estuviera contenta. Pero, una vez más, me equivocaba.

Capítulo 42

Lola

—¡Hoy me quitan las grapas!

—¡Oleee! Espero que no te hagan mucho daño. —Hice un puchero—. Por cierto, ¿eso significa que vas a salir de casa y podremos vernos pronto?

—Pues... justo lo estaba hablando con mi madre.

—¿Y qué te ha dicho?

—Hoy también me harán una analítica para ver si está todo en orden. Si estoy flojo, igual tendremos que esperar un poco más para vernos. Sabes que tengo muchas ganas de verte, pero hoy vas a volver al instituto y...

—Lo entiendo, yo también lo había pensado. Yo he estado en casa estos días, aunque se pudiese salir, pero a saber qué ha hecho el resto. Lo último que quiero es ponerte en peligro.

—Gracias por entenderlo. Por cierto, ¿cómo llevas los nervios?

—Fatal, gracias.

—¡Tú puedes, pequeña!

—Ponme un mensaje cuando hayas salido del hospital, ¿vale? Cuando haya terminado el primer examen, te llamo.

—Vale, te quiero.

—Te quiero. —Colgué y cogí el autobús para ir al instituto.

La selectividad, esa palabra odiosa que había oído durante todo el curso, había llegado. No voy a decir que estudié como una loca, porque lo único que hice fue repasar lo que había hecho durante el curso. Con todo lo que había pasado, no hice gran cosa. Aquel día fue el más pesado, ya que me tocaban tres exámenes.

Poco a poco comenzamos a salir de casa y, aunque seguía teniendo una sensación muy extraña, volver al instituto era todavía más raro. Hacía más de tres meses que no cogía un autobús, que no veía a mis amigas; el mundo se había parado por completo.

«Cómo cuesta respirar con esto.»

La mascarilla era el nuevo enemigo público. Sentía cómo me sudaba la cara, tal vez tendría que cambiar de *skincare*. Mis poros no podían respirar correctamente.

Llegué al instituto y, al girar la esquina, vi que Sofi y Valeria me estaban esperando en la puerta. Tal vez no fue lo más correcto, pero corrí hacia ellas y nos dimos el abrazo más largo de la historia.

—¡Déjame tocarte la cabeza! —gritó Valeria—. Llevo soñando con este momento desde que te rapaste.

—Joder, tías, cómo os he echado de menos. —No pude evitar soltar una lagrimilla.

—No llores, porfa. Que hoy he conseguido hacerme el *eye-*

liner a la primera —contestó Sofi mientras se secaba los ojos de manera estratégica.

—Perdón por el drama, centrémonos en lo importante.

—Creo que voy a potar.

—Valeria, relax. Has estudiado como una loca, solo con tu media de bachiller ya tienes un montón de nota. Ahora queda un último empujón.

—Dame otro abrazo. —Hizo un puchero.

Entramos en el instituto y fuimos a nuestras respectivas aulas. La noche anterior habían enviado un correo indicando dónde haría los exámenes cada clase. Me costaba reconocer a la gente con la mascarilla puesta, yo no era la única que se había hecho un cambio de look en el pelo. La cuarentena dio para mucho.

—¡Señorita! —gritó Antonio nada más verme aparecer por la puerta—. ¿Lo de la cabeza rapada no era un filtro de esos que os ponéis vosotros?

A pesar de los nervios del momento, me alegré mucho de verlo. En verdad habíamos sido muy afortunados al no tener que examinarnos en la universidad.

—Antonio, ¿cómo iba a mentirle a mi profesor favorito? ¡Pues claro que me rapé de verdad! —Le dirigí una sonrisa sincera detrás de la mascarilla.

—Te prometo que, hasta este preciso momento, no me lo creía.

Los pupitres se encontraban en fila, con una distancia perfecta entre uno y otro. Parecía que estaba todo medido con lupa. En el aula se podía respirar la ansiedad de mis compañeros; quería que acabara ya y aún ni había empezado el primer examen.

—Como sabéis, el primer examen es de Historia de España. Ahora vendrá el profesor de Historia que se os haya asignado.

Se han dividido por todas las clases de bachillerato, ya que todo el mundo debe hacer el mismo examen y a la misma hora.

—Con un poco de suerte, no nos tocará la corrección de doña Agria —susurró Sofi.

Y así fue. Entró en el aula el profesor de Valeria. Nunca me había dado clase, pero tenía muchísima mejor fama que nuestra profesora. Oí cómo Sofi suspiraba aliviada y me reí. La pobre lo estaba pasando muy mal.

—Son exactamente las nueve en punto, podéis darles la vuelta a los exámenes y empezar. Mucha suerte a todos.

«Que comiencen los septuagésimo quintos Juegos del Hambre.»

Capítulo 43

Lola

Salí del examen de Historia muy satisfecha, ya veríamos qué tal la nota al cabo de un par de semanas. Tenía una hora para tomar el aire hasta el siguiente examen, así que fui al patio con Sofi y aproveché para llamar a Nico.

—¿No te lo coge?

—No, pero seguramente sea porque sigue esperando. A saber cómo está el hospital ahora.

—No me lo quiero ni imaginar.

No me preocupaba el hecho de que Nico no me cogiera el teléfono, sabía que eso significaba que seguía allí. Lo que me angustiaba era pensar en todas las horas que llevaba en el hospital. Los hospitales eran el foco del virus y él era paciente de riesgo. No quería ni imaginar lo que podía pasar si se contagiaba.

—¿Cómo ha ido, chicas? —Marcos apareció y se sentó en nuestro banco.

—Yo tengo buenas sensaciones, pero luego ya lo veremos —respondí.

—Yo estoy cagada. ¿Tienes idea de lo que van a hinchar las notas de corte para la uni?

—¿Por qué dices eso?

—Sofi tiene razón —añadió el rubio—. Hay mucha gente que ha aprobado bachillerato gracias a la pandemia. Eso luego se reflejará en la nota de acceso.

—Estoy perdida —lloriqueó Sofía.

—Gracias por los ánimos, Marcos.

La hora pasó volando y tuvimos que volver a entrar. Valenciano, Francés, y ya podría irme a casa. Entre un examen y otro, probé a llamar a Nico de nuevo, pero no obtuve respuesta. Comencé a ponerme un tanto nerviosa.

Al acabar, de camino a casa, volví a llamar. Deseé con todas mis fuerzas que esa vez lo cogiera.

«¿Me estaré volviendo paranoica?»

Nada, siguió sin contestar. Intenté llamar a su madre, pero tampoco. Todo era muy raro y, dado el historial de «momentos en los que Nico no había cogido el teléfono», mi cerebro encendió todas las alarmas.

—¡Mamá! —grité nada más entrar en casa—. Me va a dar algo, Nico no me... —Mi mandíbula tocó el suelo.

—Hola, pequeña.

Nico estaba sentado en mi sofá, junto a mi madre y la suya. Pegué un salto hasta él y lo abracé con todas mis fuerzas. Estaba ahí, en mi casa, conmigo. Sus largos brazos me envolvieron y pegué mi naricilla a su pecho.

—Estoy aquí, todo está bien —susurró en mi oído.

—No vuelvas a darme estos sustos, por favor. —Me separé de él y me sequé las lágrimas con la manga de mi sudadera.

—Ya le he dicho yo que no hacía falta preocuparte de esta manera —respondió Raquel.

—De verdad que lo siento. —Hizo un puchero—. Ya sabes

que soy malísimo para las sorpresas, y si te escribía o hablábamos por teléfono, al final se me habría escapado.

—Te perdono, pero a la próxima le dices a tu madre que me escriba y así no tienes la tentación de contármelo. Encima, en selectividad, si suspendo será por tu culpa —bromeé.

—Nico..., no me la desconcentres —le vaciló mi madre.

—Entonces, ¿la analítica ha salido bien?

—Todo está bien, pero solo era una pequeña mentirijilla para que no sospecharas... —Rio.

—¡Pero cómo eres tan malo! —lloriqueé.

Capítulo 44

Lola

Estaba eufórica. Después de aquellos meses de incertidumbre y angustia, todo empezaba a ser *normal*. Dentro de todas las precauciones y medidas que debíamos tomar dada la situación, poco a poco volvíamos a tener la vida de antes.

La selectividad fue un horror, pero al fin acabó. Mi madre se bajó del burro y finalmente me dejó matricularme en el grado de Caracterización. Los exámenes acabaron un viernes, así que ese mismo día Nico vino a casa para pasar el fin de semana conmigo.

Todo parecía más tranquilo, aunque todavía seguíamos en estado de alarma. Mi madre pudo volver a su horario de antes y se fue a pasar el fin de semana al pueblo de su novio.

Las cosas empezaban a ser como al principio.

Valeria: Tíaaa, vamos a ir a tomar algo para celebrar que hemos acabado. Venteeeee.

Me encantaría, pero sabéis que no puedo :(.

Sofi: Sabemos que has quedado con Nico, pero él también puede venir. No es excusa!

Lo siento, no puedo. Ya estoy bastante paranoica porque esta semana he estado en el insti.

Valeria: Pero qué dices?

Imagínate que soy asintomática o algo y ahora estoy aquí con Nico. Como le pegue algo, me lo cargo.

Sofi: Tú lo que necesitas es airearte un poco..., que tantos meses en casa te están pasando factura.

¿Estaba exagerando y las chicas tenían razón? Siendo sincera, no me sentó nada bien lo que dijeron. Era como si ellas estuviesen viviendo una realidad paralela a la mía. ¿Acaso no recordaban lo que acabábamos de vivir? Más de tres meses encerrados, con un virus que podía llamar a tu puerta en cualquier momento.

Entendía que éramos jóvenes, que acabábamos de terminar exámenes y que la gente necesitaba salir y pasárselo bien. Pero yo no tenía ninguna gana de hacer todo eso y, lo que era más importante, corría el riesgo de poner la salud de Nico en peligro. Tampoco podía permitírmelo.

Empecé a notar que todos mis amigos actuaban como si no hubiese pasado nada y me alejé. Error mío no hablar con ellos y explicarles cómo me sentía, pero me dolía ver que nadie era capaz de darse cuenta de la situación en la que me encontraba. Ellos tenían todo el derecho del mundo a pasarlo bien y divertirse, nunca los juzgaría por eso. Pero lo que no me podían pedir era que fuese a bares y discotecas repletas de gente o que quedase con ellos después de hacer esos planes por su cuenta. Repito, no podía permitírmelo, ni quería.

Capítulo 45

Lola

Poco después de empezar las vacaciones, mi abuelo fue diagnosticado de cáncer de garganta y pulmón. Era increíble cómo la vida me ponía una piedra en el camino siempre que comenzaba a ver un poco de luz. Y si yo estaba así, no me quería imaginar cómo estaría mi abuela.

—El de la garganta está bien, pero ha empezado a tener metástasis en los pulmones —dijo mi tía al otro lado del teléfono.

—Entonces, ¿solo le pondrán quimio?

—De momento, sí. Ya sabes cómo va esto... Solo podemos ser positivos y ver cómo avanza la cosa.

Mis abuelos fueron quienes me criaron, ya que mis padres se pasaban el día trabajando. Ya había perdido a mi padre, por lo que saber que seguramente no me quedaría mucho tiempo con mi abuelo me provocó una tristeza inmensa.

Si algo había aprendido de Nico era a vivir el presente y aprovechar el tiempo que nos queda con las personas que queremos. Es por eso por lo que decidí mudarme a casa de mis abuelos, así podría pasar más tiempo con él y cuidarlo.

—Pero, niña, ¿te han echado de casa o qué? —exclamó mi abuela cuando me vio aparecer con dos maletas llenas de cosas.

—Ya sabes cómo soy, *iaia*... Lo de coger solo lo imprescindible no es lo mío.

«Seré exagerada... ¿Para qué habré cogido tanta ropa si me voy a pasar el verano en casa?»

—Veremos dónde lo metemos, voy a hacerte un poco de hueco en mi armario.

—A ver si voy a tener que irme a dormir al patio para que quepa toda tu ropa —bromeó mi abuelo.

—Igual sería mejor robarle un poco de espacio a Álex —respondí.

Conseguimos guardarlo todo a la fuerza. Sabía que Álex se molestaría por haber ocupado su armario, pero no había otra manera de deshacer mis maletas.

—¿Nico no va a venir? —preguntó mi abuela.

—No le he dicho nada porque ya somos muchos...

—¡Pero bueno! Dile que venga cuando quiera, ¡pero ya!

Y eso hice.

¿Te apetece venir a dormir
a casa de mis abuelos?

Pues claro! A tu abuela no le importará, no?

Pues claro que no! Además, eres
el nieto adoptivo, según ella.

Jajajaja, qué mona es.
Dentro de un rato estoy allí.

Genial! Prepárate para vivir en la casa de Gran Hermano, espero que no te nominen esta semana.

Como era de esperar, Nico vino para pasar un día y al final se quedó por tiempo indefinido. Le encantaba estar en casa de mis abuelos, se sentía como si fuese uno más. Su relación con Álex comenzó a ser mucho más estrecha, lo que me alegró y sorprendió al mismo tiempo. Mi primo siempre había sido muy sobreprotector conmigo, nunca pensé que podría llevarse tan bien con mi novio.

—¿No has pensado en hacer algo de deporte? —preguntó mi primo.

—La verdad es que sí. De hecho, antes de tener cáncer hacia *crossfit* —respondió Nico—. Me apetece estar fuerte otra vez.

—Entonces, ¿por qué no entrenamos aquí?

—La semana que viene empiezas con la quimio, igual estás muy reventado, ¿no? —añadí.

—Los efectos secundarios de la quimio son una caja de sorpresas. Si quieres podemos empezar ahora y, si me veo muy mal después del tratamiento, descansamos esa semana.

—Me parece bien. Te diría que vas a acabar más fuerte que yo, pero eso es imposible —vaciló Álex.

Me hacía muy feliz que se llevaran tan bien. Para mí, Álex era como mi hermano, y su opinión era muy importante.

Comenzaron con los entrenamientos, pero también ayudó a Nico con la alimentación. Le encantaba la comida rápida y, aunque estaba muy delgado, nunca conseguía engordar.

Nico era puro nervio. Era imposible que se quedara quieto, ni cuando estábamos en el sofá viendo una peli. Su pie siempre se movía sin parar a la velocidad de la luz.

—Me estoy poniendo fuerte, ¿eh? —preguntó mientras se miraba al espejo.

—No es por quitarte la ilusión, pero solo llevas una semana entrenando. —Reí.

—Sí, me has quitado la ilusión.

Capítulo 46

Lola

Aunque tenía un poco de experiencia por el tiempo que había pasado en el hospital con Valeria, lo que viví allí con Nico fue muy diferente.

—¿Por qué si eres mayor de edad sigues yendo a pediatría? —pregunté.

—En oncología la cosa va un poco diferente —dijo mientras entrábamos en el hospital—. Mi primer cáncer lo tuve con dieciséis años, por lo que, si sigo recayendo, continuarán tratándome en oncología pediátrica.

—¿Para siempre?

—No. —Rio—. Hasta los veintiún años, más o menos.

—Supongo que para ti será mejor, así estás con las enfermeras y oncólogas que conoces.

—La verdad es que sí, para mí son como mi familia.

Al ir hablando con Nico, no presté atención hacia dónde estábamos yendo. El único camino que me sabía era el que llevaba a la quinta planta, pero esa vez no íbamos en esa dirección.

—Ahora vamos a entrar en el hospital de día. —Me cogió de la mano mientras caminábamos por un largo pasillo—. Aquí es donde les ponen el tratamiento a los chavales que no tienen que estar ingresados.

Yo simplemente asentía y escuchaba muy atenta. Todo era nuevo para mí.

—Cuando pasemos, tendrán que hacerme una analítica. Necesitan ver si tengo las plaquetas suficientes para ponerme la quimio.

—¿Y si no tienes?

—Nos tocará volver a casa y retrasar el tratamiento un par de semanas. —Apretó los dientes—. Esperemos que eso no pase.

Entramos en una sala llena de dibujos, juguetes y sillones. Todo estaba decorado como en la quinta planta, incluso al fondo podía ver una habitación con las paredes dibujadas con nubes como las de Andy en *Toy Story*.

—Pero bueno, si ha venido nuestro chico guapo. —Una enfermera se acercó a nosotros entusiasmada—. Cualquiera diría que te quitaron cuarenta y dos grapas hace nada, te veo muy bien.

—Gracias, Marga. —Sonrió—. Mira, hasta he vuelto a ser pelirrojo, una pena que se me vaya a volver a caer.

—Ya verás como en nada te vuelve a salir.

—Esta es Lola, mi novia. —Me señaló.

—Conque eres la famosa Lola. Nico nos ha hablado mucho de ti.

—¿Ah, sí? —Sentí cómo me ardían las mejillas.

Nico estaba igual de rojo que yo, y no pude evitar reírme. Me senté en una de las butacas junto a los sillones negros y esperé a que le hicieran la analítica.

Me encantaba escucharlo hablar sobre el tema que fuese, aunque me resultaba muy curioso la cantidad de cosas que sabía sobre el hospital. Es cierto que había tenido que aprenderlo a la fuerza, pero la manera que tenía de explicarlo era fantástica. Hacía que todo se entendiese de una forma muy sencilla.

—Se me ha ocurrido algo, pero igual piensas que estoy loca —dije una vez que acabó con la analítica—. ¿No crees que sería buena idea hacer vídeos contando tu experiencia?

—¿Te refieres a TikTok? —dijo sorprendido.

—Sí, eso mismo. Creo que tu manera de explicar las cosas es muy cercana, y estoy segura de que ahí fuera hay muchos chavales a los que podrías ayudar.

—La verdad es que no me parece mala idea, pero me da un poco de vergüenza. —Hizo un puchero—. Solo lo haré si me ayudas.

—¡Pues claro! —Me acerqué para darle un beso corto en los labios—. Sé que llegarás lejos, me lo dice mi intuición de piscis.

Capítulo 47

Lola

La semana pasó volando y, por suerte, las plaquetas de Nico estaban en orden para poder ponerle el tratamiento sin problema.

Otra de las cosas positivas de que siguiese en oncología pediátrica era que podía acompañarlo y pasarme toda la sesión de quimio con él, a su lado. Mínimo podíamos estar tres horas, así que aprovechábamos para ver alguna serie o película.

Mi abuelo, por desgracia, no tenía tanta suerte. Al ser tratado en adultos, mi tía lo acompañaba al hospital, pero tenía que quedarse en la puerta. Se quedaba solo las horas que durase el tratamiento, y me daba muchísima pena pensarlo. Con el covid, las medidas eran bastante estrictas, pero solo para los adultos.

—¿Me puedes rapar? —me preguntó Nico un día. Aunque ya sabía que el momento iba a llegar, me pilló por sorpresa.

—¿Estás bien?

Se incorporó en la cama y señaló la almohada. Su corta cabellera pelirroja se estaba cayendo y había llenado las sábanas de pelo. La quimio empezaba a mostrar sus efectos.

—Es una mierda ver cómo se va cayendo, prefiero raparlo y ya.

Nico era una persona a la que, utilizando sus propias palabras, se la sudaba todo. Pocas veces hablaba de lo que realmente pasaba por su cabeza, cosa que me preocupaba bastante porque nunca conseguía abrirse por completo. Aunque no lo dijera, sabía que el hecho de tener que volver a raparse y pasar el proceso de verse sin pelo de nuevo le generaba cierto malestar.

Nada más poner en marcha la maquinilla, Álex se asomó por la puerta.

—¿Una fiesta en el baño y no me habéis invitado? —bromeó.

—Solo calvos, lo siento. —Nico le siguió la broma.

—Os iba a avisar porque al abu también se le está cayendo el pelo y no lo lleva muy bien..., pero os habéis adelantado.

—Dile que la peluquería está abierta hasta las dos, por si quiere venir —añadí.

Álex fue a buscar a mi abuelo y yo me quedé en el baño con Nico. Mientras pasaba la máquina, algunos mechones iban cayendo solos, dejando huecos completamente pelados. Nico se miraba al espejo en silencio.

«Me encantaría saber qué es lo que pasa por esa cabecita.»

—¿Quieres raparme tú a mí? Ya me ha crecido bastante el pelo...

Sus ojitos verdes se iluminaron y aceptó mi oferta. Me cambió el sitio y esta vez fui yo la que se sentó en la silla. Comenzó a pasar la maquinilla por mi cabeza y vi cómo me miraba fijamente a través del espejo.

—¿Qué pasa?

—Eres la mejor, ¿lo sabías?

Siempre me costaba reaccionar a los halagos, nunca sabía qué contestar. Me resultaba difícil aceptar que alguien pudiese decirme algo positivo sin que fuese broma.

—¿Sigue abierta la peluquería? —preguntó mi abuelo mientras entraba en el baño.

—¡Pues claro! —respondió Nico.

Me levanté de la silla cuando acabó con mi corte de pelo y le cedí el asiento a mi abuelo. Mi primo empezó a raparlo y su cabellera blanca desapareció. Ver a mi abuelo así me chocó bastante.

Nico y él se parecían mucho en una cosa. Sabía que los dos lo estaban pasando mal, pero ninguno era capaz de decir nada por no preocupar al resto. Todo se lo guardaban, y no sabía hasta qué punto eso podría llegar a afectarles.

—Oye, me habéis dado envidia. ¡Yo también quiero!

Y así fue como una mañana cualquiera acabamos Nico, Álex, mi abuelo y yo rapados en el baño de la *iaia*.

Capítulo 48

Lola

—¿Cómo empiezo? —preguntó mientras colocaba su teléfono en el trípode.

Nico estaba convencido de que quería comenzar a subir contenido a las redes contando su experiencia con el cáncer. Le regalé un aro de luz para que se sintiese más profesional y se motivara un poco.

—Yo creo que lo primero que deberías subir es un vídeo presentándote, así la gente te conoce un poco.

Él estaba sentado a mi escritorio y yo me encontraba a su lado, sentada en la cama pero sin salir en el plano. Estaba nervioso, quería hacerlo bien.

—¿Y qué digo?

—Pues no sé. —Los dos estábamos igual de perdidos.

—Joder, esto es más difícil de lo que imaginaba.

—Venga, si has nacido para esto. Lo sé.

—¿Por qué lo dices?

—Por tu manera de hablar del tema. Tu naturalidad y tu humor son increíbles. Sé que la forma que tienes de ver las cosas va a ayudar a mucha gente. Eso es lo que debes intentar transmitir.

—Solo soy un chaval normal, pero con cáncer. Tampoco es gran cosa.

—¡Eso es! *Normalizar* la enfermedad para ayudar, tanto a los chavales que la padecen como a sus familias y amigos, para que no los traten como a bichos raros.

Nico me contó que, al volver al insti después de su primer cáncer, sus amigos se relacionaban con él de forma distinta. Más bien, no sabían cómo hacerlo. Era como si viniera de otro planeta, pero solo había pasado un año en el hospital. Seguía siendo la misma persona, no entendía que se comportasen de una manera diferente por ello.

Parecía convencido, así que respiró hondo y empezó a hablarle a la cámara del teléfono. Era gracioso verlo porque estaba en su salsa. Gesticulaba muchísimo y, aunque se trababa, cortaba y continuaba. Parecía que llevaba toda la vida haciéndolo.

Al acabar, editó el vídeo en unos minutos y lo publicó. Parecía un flan. Dejó el móvil a un lado y nos pusimos a buscar ideas para crear otros vídeos. Rutinas, explicaciones, experiencias graciosas..., un poco de todo.

—El próximo día que me toque ciclo serás mi cámara oficial —dijo emocionado.

—Yo encantada, siempre y cuando esté detrás de la cámara.

—En algún momento mis fans me pedirán que presente a mi novia —bromeó.

—Sí, claro. Veamos..., ¿cuántos fans tienes ya? —dije mientras cogía mi móvil para ver cómo iba el vídeo—. Nico...

—¿Qué pasa? —dijo asustado.

—¡Cincuenta mil visitas en cinco minutos! —chillé.

—¡Pero ¿qué?! —Cogió su móvil para comprobarlo—. ¡Menuda locura!

Los seguidores empezaron a subir como la espuma. Nico estaba muy emocionado y yo no podía estar más contenta por él. La gente le preguntaba cosas como «¿La quimio duele?», «¿Has vivido en el hospital?» o «¿Por qué tienes cáncer?».

—¿Qué te parece? Es muy fuerte...

—Disculpa, Lola, pero tengo que seguir trabajando —bromeó en tono serio y estirado.

Nico era la típica persona que siempre buscaba el bienestar de los demás y, aunque los ciclos de quimio no le estaban sentando mal del todo, sabía que no estaba bien al cien por cien. Él nunca podría admitirlo, ya que eso supondría preocupar de más a las personas de su alrededor.

Verlo tan contento haciendo vídeos y distrayéndose un poco me alegró muchísimo. Sentí que era la motivación que necesitaba.

Capítulo 49

Lola

Aunque fue duro, el verano de 2020 fue uno de los más felices de mi vida.

De tanto convivir como en *Gran Hermano*, las discusiones y broncas estaban a la orden del día, pero lo pasábamos bien la mayor parte del tiempo. Aquel verano fue muy caluroso y estuvimos casi todos los días en remojo en la piscina hinchable. Incluso mi abuela compró una sombrilla especial para que Nico pudiese bañarse, ya que a él no le podía dar mucho el sol por el tratamiento.

No supe mucho de mis amigos aquellos meses, cosa que me entristecía, pero tampoco me machacaba por ello. Ellos vivieron un verano de no pasar por casa y yo decidí hacer todo lo contrario. Nunca los culpé por no escribirme, yo tampoco los llamé.

Me centré en aprovechar el poco tiempo que me quedaba con mi abuelo, y pasar ratos con mi familia y con Nico. No necesitaba más. Convivía con tres personas de riesgo, ya que mi abuela también pertenecía a ese grupo por la edad. No podía jugármela y llevar el virus a casa. Era de lógica.

—Cómo se nota que habéis estado en la piscina, te sienta bien estar morenita —dijo mi madre.

—Gracias. —Sonreí—. ¿Qué tal lo habéis pasado vosotros?

—Mucho trabajo, como siempre. Estoy contenta de haberme instalado ya.

Mi madre y Javi, su novio, habían venido a la ciudad para comer con Nico y conmigo. Prácticamente llevábamos todo el verano sin vernos. Después de varios meses yendo y viniendo, mi madre al final pidió el traslado al pueblo de su novio y se fue a vivir con él.

—¿Qué tal la convivencia? —pregunté.

Mi madre se quedó callada y esperó a que Javi hablase. Puso cara de «Tierra, trágame» y no pude evitar reírme. Nico fue más espabilado y aguantó sin soltar una carcajada.

—¡Pero bueno! —saltó mi madre.

—Es broma, cari. Tampoco está siendo tan mala.

—«Tan mala»... Ya hablaremos tú y yo cuando lleguemos a casa.

—Mamá, he convivido dieciocho años contigo, ya nos conocemos —dije entre carcajadas.

—Ya, claro... —Puso los ojos en blanco—. Bueno, lo importante es la razón por la que os hemos invitado a comer hoy.

A mi madre se le iluminaron los ojos y sacó un sobre de su bolso. Miré a Nico con cara de «Creo que sé por dónde va la cosa» y abrí el sobre.

«¡Nos casamos!»

—¡Enhorabuena! —dijo Nico.

—¿Tú estás seguro? —bromeé dirigiéndome a Javi.

—¡Ya está bien, Lola! ¿Es que no te alegras por mí? —Mi madre hizo un puchero.

—Pues claro que sí, mamá. —Me levanté a abrazarla y le dije al oído—: Estoy deseando que llegue el gran día.

Capítulo 50

Lola

Casi sin darnos cuenta, el abu comenzó a apagarse. Cada vez le costaba más levantarse del sofá, dejó de comer y los médicos decidieron que no le pondrían más quimio. Era inútil, y lo único que hacía era dejarlo peor después de cada sesión. Si en algún momento se encontró mal o tuvo dolor, jamás se quejó.

Mi abuelo murió a finales de verano y me invadió una tristeza profunda que preferí pasar por dentro. Yo sola. Perder a mi segundo padre fue un golpe duro, pero tenía que continuar.

Valeria: Hola! Cómo vas? Y tu abuela?

Ahí vamos, gracias por preguntar.

Sofi: Te apetece que vayamos a tomar algo esta tarde?

Escribí a las chicas el día que murió mi abuelo, después de haber estado casi todo el verano sin saber de ellas. Sofi, Valeria y Marcos vinieron al funeral, cosa que agradecí muchísimo.

Las cosas habían cambiado. Ya no nos veríamos todos los días, ni pasaríamos los recreos en el banco gris. Todos iban a ir a la universidad y, aunque no hicieran la misma carrera, podrían verse por el campus.

Yo no viviría la «experiencia universitaria», si es que eso existía aquí. Como cuando piensas que el instituto es una especie de *High School Musical* y la única experiencia emocionante que vives realmente es que haya papel higiénico en el baño.

—De verdad que no me apetece ir —le confesé a Nico.

—Llevas todo el verano sin salir. Sé que lo hiciste por tu abuelo y por mí, de verdad que no va a pasar nada porque vayas a tomarte unas cervezas con tus amigas. —Cogió mi cara aplastándome los mofletes con ambas manos y me dio un suave beso en la frente.

—Sé que no estaré cómoda; cuando vuelva a casa me querré desinfectar hasta las pestañas.

—No exageres, anda. Nos hemos pasado todo el verano yendo al hospital y no hemos cogido nada.

—Ya...

—Sal y arregla las cosas. Sé que tienes mucho de que hablar, y por teléfono se pueden malinterpretar los mensajes.

—Tienes razón.

Me vestí rápidamente y Nico me llevó a un bar cerca de casa. No sabía muy bien qué decir. Estaba dolida, pero también asumía mi parte de culpa. A veces podía llegar a ser muy orgullosa, pero echaba de menos pasar tiempo con ellos. Nico tocó el claxon y los saludó desde el coche antes de irse.

—¿No se queda? —preguntó Valeria.

—No —respondí mientras me sentaba junto a Marcos—. Estamos todo el día juntos, no quiero ser la típica que se lleva a su novio a todas partes. —Reí.

Valeria tampoco le había escrito a Nico durante todo este tiempo. Tal vez eso me dolió todavía más, ya que antes de estar conmigo tenían una relación muy cercana, eran casi como hermanos.

—¿Entraste en el grado de Caracterización?

—Sí, empiezo dentro de unos días. Estoy un poco nerviosa. —Pegué un trago a mi cerveza y continué—: ¿Vosotros habéis entrado en la carrera que queríais?

—Por Dios, no me lo recordéis —se quejó Sofi—. Estoy en lista de espera.

—¿Hay mucha gente delante de ti?

—¡Qué va! Solo tiene a siete personas, eso no es nada —respondió Marcos.

Sofi estaba muy preocupada, pero el rubio tenía razón. Las listas siempre corrían, ya que mucha gente se matriculaba en varias carreras y después cambiaba de opinión. Por otro lado, Marcos había entrado en Economía, tenía nota de sobra. Era un cerebrito, y lo peor era que pocas veces estudiaba. No sabíamos cómo lo hacía.

—¿Y tú? —Me dirigí a Valeria.

—Me voy a Valencia en octubre, me han cogido en una escuela de diseño —dijo en voz baja.

—¡Eso es genial! De verdad, me alegro muchísimo. —Me levanté para darle un abrazo—. Estaba segura de que lo conseguirías.

—Gracias. —Sonrió—. Creo que te debemos una disculpa.

—Yo también quería disculparme con vosotros.

Como siempre, las cosas se solucionan hablando. Se disculparon por no haberse puesto en mi situación y yo lo hice por haber estado a mi bola.

Cada uno tenía unas circunstancias diferentes y, como siempre había dicho, nunca los culparía por querer salir y pasarlo bien. Sí era cierto que en muchas ocasiones los había necesitado, pero mi orgullo era más grande y me lo tragué. Sabía de sobra que, si les hubiese escrito, no habrían tardado ni una milésima de segundo en ayudarme.

Intenté disfrutar de ese momento antes de volver a casa. Cada uno tomaría un camino distinto y no sabíamos cuándo volveríamos a estar juntos.

Capítulo 51

Lola

—Tú puedes, ya verás como va a ir bien.

—Estoy de los nervios.

—Es normal, llevas casi toda la vida compartiendo clase con la misma gente. Ahora todo será distinto, pero estoy seguro de que encajarás rápido.

Nico me dio un suave beso en la frente y me bajé de su coche. Me dejó en la puerta de mi nuevo instituto y me prometió que esperaría allí hasta que acabase. No sabía cuánto tardaría, pero, al ser el primer día, solo iba para conocer a la tutora y recoger el horario.

En la entrada había bastante gente. Supuse que también estaban esperando para la presentación de su ciclo, ya que no parecían alumnos de secundaria. Eran mucho mayores que yo, por lo menos me sacaban cinco años.

«Ojalá no sea la más pequeña de la clase, por favor.»

Era curioso cómo hacía nada era de las más jóvenes del instituto. Recuerdo el día en que nos llevaron de excursión para ver el centro. Me dio muchísimo miedo saber que tendría que cruzarme por el pasillo con los alumnos de bachillerato. Algunos tenían barba; en ese momento me parecían demasiado mayores.

Después de haber pasado secundaria, por fin llegas a bachillerato y, al acabar, vuelves a pasar al grupo de los pequeños y a lo que eso conlleva. Que no te tomen en serio, que se rían de ti, que te empujen por el pasillo...

«¡Qué recuerdos!»

—¡Todos los alumnos de Caracterización, en fila, conmigo! —gritó una mujer de pelo blanco.

Todos la seguimos cual rebaño. El centro era bastante grande, nada que ver con mi anterior instituto.

—Esto de aquí son los talleres. —La mujer se paró en seco—. Este centro está especializado principalmente en grados relacionados con la estética. —Continuó caminando—. Este es el nuestro, el número seis. Aquí pasaréis la mayor parte del tiempo.

Los talleres se encontraban fuera del edificio, es decir, había una clara separación entre los alumnos de secundaria y los que estudiaban un grado superior. Incluso teníamos horarios distintos, ya que nosotros sí podíamos salir y entrar del centro durante los recreos, por ejemplo. Alguna ventaja tenía que tener ser mayor de edad, supongo.

—Tomad asiento, por favor.

El taller era bastante amplio. Estaba lleno de espejos y tocadores. Todo estaba decorado con detalles relacionados con el cine, incluso encima de los espejos podías ver pelucas que habían hecho antiguos alumnos.

«¡Qué pasada!»

Me senté en el primer hueco libre que vi y dejé mi bolso en el tocador. Hasta ese momento no había sido consciente de la cantidad de alumnos que éramos.

—Muy buenos días. Soy Lucía, vuestra profesora de Posticería y tutora de primer año.

—Yo soy Matilda. —Apareció una mujer bajita no sé muy bien de dónde—. También profesora de Posticería, pero me he librado de ser vuestra tutora. —Rio.

—¡Veo que este año sois muchísimos! ¿Sois conscientes de la cantidad de gente que quiere entrar aquí?

—Sí..., a ver cuántos acaban este curso... —Rieron en un tono un poco siniestro.

«Genial, empezamos bien.»

—¿Qué queréis decir con eso? —preguntó la chica que estaba sentada a mi lado.

—¿Alguno de los repetidores puede responder a la pregunta?

«¿Repetidores?»

Nadie respondió. Tal vez solo fuese un farol para meternos miedo.

—La gente suele tener un concepto erróneo sobre los grados superiores. Os metéis aquí y pensáis que esto es jauja, y no es así. —No me gustaba nada el tono que estaba utilizando Matilda—. Aquí se viene a trabajar, y la caracterización es muy sacrificada. Nada de salir, nada de fiestas y, sobre todo, nada de novios o novias.

«Pero ¿dónde narices me he metido?»

Capítulo 52

Lola

—¿Cómo que una profesora te ha dicho que no tengas novio?

—Que sí, Nico. Ha dicho eso tal cual.

—Pero lo habrá dicho de broma... Será su manera de advertiros que tendréis que dedicarle muchas horas.

—No sé, de verdad que las dos estaban muy serias. Además, cuando se reían era supersiniestro. —Suspiré—. Tengo miedo.

—¿Has hecho algún amigo?

—Ni que estuviese en el cole o en el parque... —Reí—. ¿Cómo hacen amigos los adultos?

—Pues ni idea. —Se encogió de hombros—. Mi vida social ahora mismo es tu familia, las enfermeras y tú. —Rio.

—Le he pedido un boli a una chica, parecía maja.

—Eso significa que ya sois mejores amigas para el resto del curso —me vaciló, y le di un golpe en el brazo.

Al llegar a casa pensé en lo que habían dicho las profesoras. Aunque ya podíamos ir a clase, salir y la gente estaba más relajada con el tema de la pandemia, durante aquellos últimos meses mi vida se había centrado en mi familia y en estar con Nico.

Ahora que iba a empezar a estudiar de nuevo, no podría acompañarlo a los ciclos de quimio como antes si volvía a recaer. En el caso de que hubiese alguna urgencia, no podría ser la que lo acompañase.

Yo tenía mi vida, tenía un futuro que formar, y debía centrarme en eso. Por otro lado, quería que Nico estuviese en él, y eso significaba que podría tener algún que otro susto en cualquier momento. Era muy consciente de ello, pero plantearme que tal vez no podría estar al cien por cien como hasta el momento, acompañándolo, me mataba.

—¿Qué tal el primer día? —Mi madre me llamó por teléfono.

—Bien, un poco asustada.

—¿Y eso? ¿La gente era muy mayor?

—Sí, yo era de las más pequeñas, pero no ha sido por eso.

—¿Entonces?

—Nos han dicho que todo va a ser muy práctico y que necesitaremos mucho tiempo en casa para trabajar. Además de todo lo que trabajemos en clase.

—Pues ya sabes, a ponerse las pilas... —No dije nada—. Estás así por Nico, ¿no?

—No sé, me da miedo.

—Lola, esto es tu futuro y tienes que centrarte en ello. Llevas todo el verano cuidándolo, acompañándolo, y me parece maravilloso todo lo que haces por él. Ahora tienes que pensar en ti.

—Lo sé, pero si pasa algo..., no podré estar con él como ahora.

—Si tiene que pasar algo pasará y no podrás hacer nada para cambiarlo. No tiene sentido que te pongas a pensar en ello ahora. Tu futuro va por delante.

—¿Por qué siempre estás tan pesada con el futuro? Tanto pensar en el mañana hace que me agobie en el presente.

Sabía de sobra lo importante que era, pero aquella palabra retumbaba en mi cabeza como un taladro durante una buena resaca. Me agobiaba pensar en el futuro porque debía ser consciente de que solo había un cincuenta por ciento de posibilidades de que Nico estuviese en él. Oír esa palabra cada vez que hablaba con mi madre no ayudaba en absoluto.

Capítulo 53

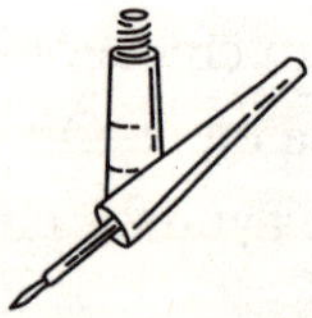

Lola

La primera semana de clase fue un verdadero caos.

Tenía una lista enorme con materiales que debía comprar para cada asignatura. Todo era carísimo y había cosas que no tenía ni idea de dónde encontrarlas.

—¿Conseguiste el mallador? —preguntó Clara.

—Qué va, ayer fui a tres carpinterías del centro y ninguna sabía ni lo que era.

—Mi padre se acercó ayer a una que lleva toda la vida en mi pueblo y consiguió que me lo hicieran. ¿Quieres que te lo pille yo?

—¡Por favor! Ya tengo pesadillas con el mallador y ni siquiera hemos empezado a usarlo.

—Pues esta tarde paso a por él, no te preocupes.

—Mil gracias, de verdad. Ya sabía yo que había elegido bien a quién pedirle el boli el primer día de curso.

Clara y yo éramos las más pequeñas de la clase. La verdad es que no me había acercado a ella por eso, ya que físicamente aparentaba más edad. Solo nos conocíamos desde hacía una semana, pero me transmitía una vibra superbuena y tranquila. ¡Tenía una amiga en clase!

Como todavía no disponíamos de todos los materiales, las clases se basaban en conocernos un poco mejor entre nosotros y hablar de los contenidos que daríamos durante el curso.

Las asignaturas troncales eran: Posticería, todo dedicado al mundo del cabello y el vello, es decir, pelucas, pestañas, cejas..., lo que llaman «prótesis capilares y corporales». Después teníamos Maquillaje, pero no estudiábamos lo que conocemos como «maquillaje social». Nos centrábamos en el que era para teatro, espectáculo y cine. Y, por último, Prótesis, donde tocábamos todo tipo de materiales como escayola, silicona, alginato..., todo lo necesario para crear una buena caracterización.

Mi tía me recogió al salir de clase y fuimos juntas a casa en su coche. Me moría de hambre. Volver a tener una rutina me sentaba bien, hacía que mi cabecita no pensara de más y eso me gustaba. Ir a clase fue algo que me había ayudado muchísimo con el duelo de mi padre. Tener obligaciones para salir de la cama y no encerrarte. Por esa parte, agradecí la vuelta a las clases, sabía que me vendría bien para sobrellevar la falta de mi abuelo.

—¿Cómo va mi *tiktoker* favorito? —pregunté al llegar a casa.

—No me llames así, que me pongo rojo —contestó Nico vergonzoso.

—¿Has grabado mucho hoy?

—Sí, mira. He grabado con tu abuela.

—¿También vas a hacer *tiktoker* a la *iaia*?

—Hemos hecho un tutorial de cómo tomarte la tensión en casa, esta mañana estaba un poco floja. Tranquila, ya está mejor.

—No me lo puedo creer... —Casi me da un ataque de risa—. No veas cómo le gusta la cámara a la *iaia*.

«Qué tiernos son, me muero.»

—Parece que lleva toda la vida haciéndolo, ¿eh?

—Gracias por distraerla un poco.

—No es nada, sabes que me encanta pasar tiempo con ella, nos llevamos muy bien.

Sé que no era lo más normal, pero Nico ya vivía en casa de mis abuelos. De vez en cuando volvía a casa de su madre, pero prácticamente era uno más. A mí me encantaba tenerlo allí todos los días, y sabía que a mi abuela también. Toda la familia había vuelto a la rutina, ya no éramos la casa de *Gran Hermano*.

Mi abuela había perdido a su compañero de vida después de casi cincuenta años juntos y nadie quería que se quedara sola. Aunque yo no me iba a mover de aquella casa, por las mañanas tenía que ir a clase. Nico se convirtió en su fiel compañero durante muchos meses, y era un alivio saber que la *iaia* estaba en tan buena compañía.

Capítulo 54

Lola

Nico y yo íbamos todas las tardes a pasear a *Zoe* por la playa. La casa de mi abuela estaba a escasos minutos de una cala de roca donde pasaba los veranos en remojo. Cuando llegaba el frío se convertía en una zona muy tranquila, ya que casi todo el mundo venía solo de vacaciones. Era una gozada caminar por allí, con la suave brisa dándote en la cara y el olor a mar. Me encantaba.

—¿Eres consciente de que en breve hará un año que estamos juntos?

—¿Sí? No me acordaba. —Nico miró hacia otro lado de forma desinteresada. No sé qué cara puse, pero enseguida continuó—: Es broma, es broma. Se me olvidaba lo picajosa que eres.

Se acercó para darme un corto beso en los labios y me agarró de la mano para seguir paseando. Su mano era mucho más grande que la mía, así que la solté para cogerle solo el dedo índice.

—Me gusta más así. —Reí.

—Antes de que cumplamos un año tengo revisión.

Se me hizo un nudo en la garganta. Era oír esa palabra y me bloqueaba por completo. Si yo me ponía así, no quería ni imaginarme cómo podía sentirse él. Tenía que demostrarle tranquilidad, que todo estaba bien.

—Si está todo en orden, podríamos ir a algún sitio de viaje —añadió—. Solo el fin de semana, sé que tienes clases y que no te gusta faltar.

—¡Sería fantástico! —Se me iluminaron los ojos—. ¿Adónde te gustaría ir?

—Tristemente, todavía no soy un *tiktoker* famoso, aunque sé que lo conseguiré, por lo que no podemos pegarnos el viaje de nuestras vidas. Había pensado en ir a Asturias, me apetecería mucho ir contigo, y podríamos quedarnos en casa de mi tía.

—Sería genial, nunca he estado en el norte.

—Es precioso, sé que te encantará. ¡Voy a llamar ahora mismo a mi tía!

Aunque Nico no se había criado allí, le gustaba decir que era medio asturiano. Formaba parte de su personalidad, como él decía. Me hablaba muy bien de su familia del norte, y sobre todo de la comida. No sabría decir cuántas veces me había repetido lo rico que estaba el cachopo de su tía, me moría por probarlo.

—¡Tía! ¡Que vamos para allá! —Automáticamente le cambió el acento, cosa que me hacía mucha gracia—. No, mujer, ahora mismo no. Esta noche miro los billetes...

Se alejó un poco para seguir con la conversación por teléfono. Me encantaba verlo así de contento.

Nico y yo no solíamos hacer planes a largo plazo; era algo de lo que éramos conscientes, pero nunca hablábamos de ello. Vivir el día a día, *carpe diem*; después de todo lo que había vivido, no sabíamos dónde estaría mañana.

Pensar en el futuro es algo normal en una pareja. Si no te proyectas a largo plazo con esa persona, ¿para qué estar juntos?

Siempre he creído que es una de las cosas más bonitas de compartir tu vida con alguien. Sea lo que sea lo que vayas a hacer mañana, querer que esa persona esté a tu lado y hacerlo todo con ella.

Aunque sabíamos muy bien la teoría, simplemente éramos una pareja de jóvenes que se querían muchísimo. Era inevitable no desear hacer ese tipo de planes, aunque no supiéramos qué nos depararía el futuro.

Capítulo 55

Nico

—¿Cómo te sientes?

—Estoy bien. —No lo estaba—. Tranquilo.

—Me sabe fatal no poder acompañarte, pero tengo examen de Prótesis hoy.

—No te preocupes, de verdad. —Le di un beso en la frente para que se calmara—. De todas maneras, me va a acompañar mi madre. Puedes estar tranquila.

La gente piensa que cuando te dan el alta y te dicen que te has curado de un cáncer acaba tu agonía. Pero la verdadera pesadilla viene después. Claro que tener que pasar por ciclos de quimio, ingresos y todo lo que rodea una enfermedad como esta es una mierda, pero las revisiones...

Durante el primer año desde mi primera alta tuve que hacerme pruebas cada tres meses. Si has pasado un cáncer, las probabilidades de que se reproduzca son altas, y más si tienes un sarcoma de Ewing.

No me volví hipocondríaco, pero mi mente vivió en un estado de alarma constante desde mi primera alta. Cualquier fiebre, dolor, malestar, mi cabeza automáticamente pensaba: «He recaído». Y es que la última vez que pensé que tenía un simple dolor de cabeza agudo me encontraron un tumor en la cabeza del tamaño de una naranja.

En ese momento no tenía miedo, solo nervios. Esperar los resultados de una prueba siempre me provocaba cierta ansiedad, nada más. Mi mentalidad era: «Si recaigo, pues otra vez para delante». ¿Qué más podía hacer? Solamente tratarme y seguir.

—Nico, pasa, por favor —dijo Andrea mientras se asomaba a la puerta.

Después de varias horas de espera en el hospital de día, entré en la consulta de Andrea, mi oncóloga, acompañado de mi madre. La había conocido mientras estudiaba para las oposiciones cuando tuve mi primer cáncer, y me hacía muy feliz ver hasta dónde había llegado. Teníamos muy buena relación y, además de ser la persona que decidía qué hacer con mis tumores, también la consideraba mi amiga.

—¿Cómo estás?

—No tan bien como tú, *doctora*.

Le guiñé el ojo y ella sonrió. Era una broma entre nosotros.

—¿Ya estás otra vez con eso? —me riñó mi madre con cariño—. No me digas que de verdad crees que la doctora aprobó su examen gracias a que la ayudabas a repasar el temario.

—Claro que sí, soy muy buen preguntón, el mejor.

Ellas intercambiaron una sonrisa que me hizo sentir mucho mejor. Sí, era un gran preguntón, pero lo de payaso tampoco se me daba nada mal.

—Te veo muy bien —comentó Andrea mientras se sentaba.

—Gracias —contesté—. He estado entrenando con el primo de Lola todo el verano, he cambiado un poco la alimentación y casi he engordado diez kilos. Estoy hecho una roca.

—Sí, estás muy fuerte.

—Bueno, tampoco te pases. —Me hice un poco el modesto, pero sí que lo estaba.

Le expliqué un poco la rutina de ejercicios que me había puesto Álex y la dieta que estaba llevando. Le sorprendió bastante, ya que Andrea sabía lo que me gustaba la comida basura. Era mi adicción.

—Me alegra mucho que hayas cambiado un poco el estilo de vida, aunque sigas pidiendo hamburguesas de vez en cuando. Todo es un equilibrio, pero...

«Pero...»

Ahí venía. Una parte de mí estaba segura de que no habría buenas noticias.

—Hemos encontrado varios puntos en diferentes sitios. No son muy grandes, pero están ahí y hay que tratarlos.

Estaba cansado. ¿Cuándo acabaría esa pesadilla? Solo llevaba unos meses limpio y ya estaba otra vez. Quimio, radio, hospital. El mismo ciclo de siempre.

—¿Qué toca ahora? ¿Quimio otra vez o quimio y radio?

—Podemos seguir con ese tipo de tratamientos o probar con un ensayo clínico.

—¿Qué es eso? —saltó mi madre.

—Un ensayo sirve para probar tratamientos nuevos y ver si también pueden funcionar en otros pacientes.

—Qué manera tan sutil de decir que voy a ser una rata de laboratorio.

—Nico..., no lo mires de esa manera... —dijo mi madre—. Ya has probado la quimio, la radio, e incluso las dos cosas, una después de otra. Tal vez esto sea una nueva opción que funcione.

Podía notar el cansancio en sus palabras. Entendía que para mi madre eso también había sido un palo. No es agradable oír que tu hijo ha recaído por tercera vez. Yo también estaba cansado. Me sentía bien, con ganas de hacer cosas y...

«Mierda.»

—¿Cuándo sería eso del ensayo que has dicho?

—Han abierto uno para dentro de dos semanas en Madrid. Si mando los informes esta misma tarde, estoy segura de que estarías a tiempo de entrar.

—No, no, no. ¡Imposible! Me voy de viaje con Lola, cumplimos un año juntos.

—Por Dios, estamos hablando de un tratamiento para curarte, ¡qué más da el viaje! —Mi madre comenzó a alterarse.

—Pues me da, y mucho. Es la primera vez que voy a viajar con Lola, y encima a Asturias. No hace falta que te recuerde lo mucho que me gusta estar allí. Lo necesito.

—Está bien, calmaos —añadió Andrea.

De verdad que lo necesitaba. Había sido un año de mierda y, aunque había pasado todo el verano con Lola, sentía que debíamos hacer ese viaje juntos. ¿Esa mierda de enfermedad no podía darme una pequeña tregua? Solo quería hacer algo como el resto de las parejas del mundo.

Me daba pánico pensar que el único viaje que podía ofrecerle a Lola sin dejarla tirada era el de su casa al hospital. No podía decirle que no iríamos de viaje, estaba igual de emocionada que yo, o incluso más.

«¿Y si se cansa de mí?

»¿Quién narices querría estar con una persona que ha de tener cuidado hasta con un resfriado?

»¿Qué chica quiere estar con un tío con cáncer, con el que no puedes hacer nada?»

—Tienes que ir.

—Mamá, no puedes decidir por mí. Soy mayor de edad.

—Me da igual, soy tu madre y vas a ir.

Si eso hubiese pasado hace un par de años, habría tenido que joderme y quedarme callado. Cuando eres menor no tienes ni voz ni voto, pero parece que tampoco la tenía en ese momento. Mi madre me metía mucha presión, pero al final la decisión era mía.

—¿Hasta qué hora tengo para decidirme? —Esta vez me dirigí a Andrea.

—Hasta las siete y media. Ni un minuto más. —Suspiró—. Si decides ir, haré todo lo posible para preparar los documentos en media hora.

—Cuando hable con Lola tendrás mi respuesta, no pienso decidir nada sin consultárselo a ella.

Capítulo 56

Nico

No sabía cómo iba a reaccionar Lola. Tenía miedo. Llevábamos un par de días sin hablar de otra cosa que no fuese el viaje. Habíamos hecho una lista con todo lo que quería enseñarle, mis sitios favoritos de cuando era pequeño... Tenía muchísimas ganas de compartir esa parte de mí con ella.

Cuando salí del hospital no le escribí. Sabía que todavía no había terminado su examen y que me preguntaría cómo había ido la consulta. No se me daba muy bien mentir y no quería preocuparla de más, así que esperé a que me avisara ella.

Todo bien? Ya he acabado!

Todo bien :). Ya estoy en casa de tu abuela.

Perfecto, voy a coger el bus, mi tía tiene que quedarse un rato más en el trabajo.

Voy yo. Estoy en 10 min.

Cogí el coche y conduje hasta su instituto. Tal vez fuera buena idea hablar sobre la situación en el coche, así tendríamos más privacidad. Joder, estaba cagado.

—Hola, amor. —Se subió al coche y, al dejar su mochila en los asientos de atrás, se volvió para darme un beso—. ¿Qué ha pasado? Estás más pálido de lo normal, y eso ya es decir.

—Tienen que ponerme tratamiento otra vez. Tengo varios puntos en distintas zonas del cuerpo. Son pequeños, pero hay que tratarlos —solté sin pensarlo dos veces, intentando sonar despreocupado.

Ahora la pálida era ella. Su cara cambió por completo.

—Entonces, ¿quimio otra vez?

—Bueno..., sobre eso quería hablarte. —Cogí todo el aire que me permitieron mis pulmones—. Me han dado la opción de ir a un ensayo clínico, en Madrid.

—¿Un ensayo? ¿Qué es eso?

Le expliqué que era algo experimental, para probar nuevos fármacos que pudiesen tratar mi enfermedad y tal vez ayudar a otras personas que también la padecían. Le hablé de Andrea y del plazo para tomar una decisión. También de que tendría que ir y volver de Madrid durante varias semanas. Sería como mis ciclos de quimio, pero teniendo que coger un tren para poder ponerme la medicación. Con un poco de suerte, tal vez me dejarían quedarme en la Ronald McDonald de forma gratuita.

Además de que no quería ser una rata de laboratorio, mi madre no era consciente de la cantidad de dinero que tendríamos que gastarnos. Porque, sí, el tratamiento era gratuito, pero los viajes y el hospedaje no los pagaba nadie. La Casa Ronald McDonald era como una especie de hotel enorme, situado junto al hospital Niño Jesús de Madrid, donde los niños con cáncer u otra enfermedad podían quedarse mientras recibían tratamiento.

Todo me parecía demasiado surrealista, una pérdida de dinero, porque sabía que eso tampoco funcionaría.

—Además de todo esto, no podríamos ir a Asturias.

—Oh. —Vi la decepción en su cara.

—No te preocupes, no voy a ir —intenté consolarla.

—¿Cómo? Nico, tienes que ir.

—Pero nos perderemos el viaje.

—¿Y? Se trata de tu salud, de intentar encontrar algo para mejorar tu situación. Perdona por decirlo así, sabes que a mí también me hace muchísima ilusión, pero a la mierda el viaje.

—No podremos estar juntos el día de nuestro aniversario...

—No importa, lo celebraremos cuando vuelvas, y el viaje podremos hacerlo en otro momento.

Una parte de mí quería que Lola me pidiera que me quedara. Que no me fuese. Pero tanto mi madre como ella pensaban igual. No quería ir, estaba agotado, y sabía que eso no iba a funcionar. Mi única esperanza era pensar que ella no quería que fuera, pero podía sentir la desesperación de mi madre al oírla. Encontrar algo que me hiciese no tener más recaídas y acabar con eso.

—Sabes lo inestable que soy, tal vez esta sea la única oportunidad que tengamos para ir de viaje.

—Tal vez esta sea la única oportunidad que tengas para encontrar un tratamiento que funcione.

—Lola...

—No, Nico. Siempre hablas de vivir el presente, y lo entiendo. Pero que yo no tenga una enfermedad no me libra de nada. ¿Quién me dice a mí que mañana no saldré de casa tranquilamente y me atropellará un tío con su coche? ¡Yo qué sé! Yo también puedo irme de aquí en cualquier momento.

Sus ojos se pusieron llorosos y no pude evitar abrazarla con todas mis fuerzas. Tenía razón, siempre hablaba del presente como si fuese el único cerca de la muerte, cuando todos estábamos aquí de paso. Tener cáncer solo me hacía más consciente de ello, al igual que a la gente de mi alrededor.

—Está bien, iré al ensayo clínico. —Le di un beso en la cabeza y sentí cómo su cuerpo se relajaba de nuevo—. Pero si ese tratamiento no funciona, no probaré ninguno más de este estilo. Quimio y radio como siempre.

—Está bien. —Me dio un corto beso en los labios—. Avisa a Andrea antes de que se haga más tarde, por favor.

Capítulo 57

Lola

Los días siguientes fueron especialmente duros. A todos nos costó mentalizarnos. Para mí, la noticia de la recaída de Nico fue como un balazo en el pecho. El miedo y la angustia cada vez que tenía revisión eran inevitables. Y es que, aunque era muy consciente de que podía volver a pasar, siempre quedaba la esperanza de que se hubiera curado. Supongo que es algo innato en el ser humano. Si no puedes ver un poco de luz al final del túnel, ¿qué te queda?

Sabía que Nico era una persona fuerte, que seguiría luchando hasta el final, pero, por primera vez, pude ver el cansancio en sus ojos, y eso fue lo que me dio miedo.

—Haremos el plan que quieras cuando vuelva, ¿vale?

—El aniversario es de los dos, no tengo que elegir solo yo.

—Lo sé, lo sé... —Rio—. Estoy seguro de que lo que decidas me gustará, así que lo dejo en tus manos.

—Casi se me olvida. —Saqué el teléfono de mi bolsillo—. He hecho una *playlist* con canciones que me recuerdan a ti. Era para el viaje a Asturias, pero ahora podrás escucharla cuando vayas a Madrid.

—¿En serio?

Asentí sonriendo.

—La he llamado «Piscis», porque compartimos signo, y «Canciones que deberías saberte de One Direction» era un título demasiado largo.

—Menuda indirecta más directa. Estoy deseando escucharla, pero espero que haya canciones de más artistas...

—Tranquilo, también he puesto alguna de Post Malone.

—¿*Circles*?

—Pues claro, es nuestra canción.

Esa era la canción que había sonado en su coche el día que tuvimos nuestra primera cita. Por lo que, para mí, era motivo suficiente para convertirla en nuestra canción. No podía faltar en la lista.

Aquel día acompañé a Nico y a su madre a la estación, no me importó faltar a clase. Me habría encantado ir con él, pero en ese momento no podía permitirme faltar una semana entera. Sabía que Raquel nunca me habría puesto ningún tipo de problema si hubiese sido yo la que lo acompañara, pero esa situación era un poco más complicada. Además de mis estudios, era ella la que debía ir a Madrid con él.

—Te quiero, todo va a ir bien.

Acercó mi cuerpo al suyo para fundirnos en un cálido abrazo. Mi cara quedó pegada a su pecho y, con su dedo índice, me levantó la barbilla para que nuestras miradas se encontraran. Era capaz de mirar fijamente a los ojos a muy pocas personas, y Nico era una de ellas. Sus ojos verdes me tranquilizaban, y eso era lo que necesitaba en ese momento.

—Te quiero.

—La de excusas que te buscas para saltarte la dieta. ¿Que tienes cáncer otra vez? Bah —interrumpió Álex, que también había querido venir a despedirlo.

—Me has pillado. —Nico rio—. Lo del «ensayo clínico» es una tapadera, en realidad me voy a un balneario de retiro espiritual con mi madre.

—Ten cuidado con tus fans por Madrid, a ver si van a ir a buscarte al hospital... —bromeó mi primo.

—Poco se habla de eso. Me dedicaré a grabar *vlogs* de la semana en la Ronald.

Vi cómo pasaron el control de seguridad de la estación y, cuando me aseguré de que ya estaban en el tren, volví al coche con Álex.

Nico y él tenían una relación muy fuerte, y sabía que a mi primo esto también le afectaba. El humor siempre había sido un arma que utilizábamos para intentar sobrellevar las cosas, lo aprendimos de Nico. Éramos la clara definición de «mis traumas, mis chistes». Afrontar algo que te afectaba, intentando encontrarle el tono humorístico, y saber reírse de ello era de gran ayuda.

Creo que eso también le gustaba mucho a la gente que seguía a Nico. Su capacidad de ver siempre el lado positivo, la naturalidad y su humor. No llevaba ni tres meses subiendo vídeos a TikTok y ya tenía casi cien mil seguidores, era una locura. Él siempre había sido bastante modesto con ese tema, pero sabía que en el fondo era algo que le hacía mucha ilusión.

Aunque ayudaba a muchísima gente con sus vídeos, las redes también lo ayudaban a él de alguna manera.

Capítulo 58

Lola

Llevaba desde la cuarentena sin separarme de Nico. Claro que había días en los que él volvía a casa de su madre, pero la mayor parte del tiempo estábamos juntos. A veces tenía ese pensamiento de que tal vez nuestra relación era algo tóxica. No sé, sentía que todo llevaba a la toxicidad por lo que leía en las redes sociales.

¿Era tóxico querer darlo todo por tu pareja?

¿Era tóxico pasar la mayor parte del tiempo juntos?

Todo pasaba a ser tóxico hoy en día.

Aquella tarde quedé con mis amigas para merendar. Valeria se mudaba oficialmente a Valencia, ella empezaría un poco más tarde las clases.

—¿Estás nerviosa? —pregunté.

—Un poco. El piso está cerca de la escuela, por lo que no me perderé mucho, pero sí, estoy cagada... —me respondió.

—Bueno, tía, tú lo que tienes que hacer es encontrar los buenos sitios para salir de fiesta —añadió Sofi mientras le daba un sorbo a su batido de fresa.

—Sí, justo estaba pensando en eso. —Puso los ojos en blanco—. Lo que más pánico me da es la convivencia con los compañeros de piso. Voy a vivir con unos completos desconocidos.

—Ya..., yo también estaría dándole vueltas a eso. Me dijiste que también iban a tu escuela, ¿no?

—Sí, solo que no estudian lo mismo que yo. Aunque ya es un paso para poder socializar un poco.

Valeria era la típica persona que al principio podía parecer tímida, pero que en cuanto cogía confianza sacaba su fuerte personalidad, y eso la hacía frenarse un poco con los desconocidos, pero solo de primeras.

No podía ni imaginar lo que debía de sentir al irse a otra ciudad, empezar de cero. Cuando comencé el instituto, yo siempre hablaba de vivir en una gran ciudad como Madrid o incluso irme del país, pero en ese momento me veía incapaz.

Me gustaba la vida que tenía aquí, en mi ciudad de siempre. Pensar en alejarme de mi familia me daba pánico, sobre todo vivir lejos de la *iaia*. Mudarme no estaba en mis planes, no en ese momento. Pero, si de repente hubiese decidido irme, ¿Nico podría haber venido conmigo?

—Bua, tía, de verdad, qué envidia me das. Otra ciudad, no vivir con tus padres... Ojalá mi carrera no hubiese estado aquí. ¿Te imaginas a las tres viviendo juntas? —Sofi se emocionó.

—¿Las tres? Lola no se separaría de Nico ni de coña.

Ese comentario fue bastante agridulce.

—Cierto —añadió la rubia.

—Oye, oye —me defendí—. ¿Este ataque tan gratuito a qué se debe?

—No te preocupes, lo tenemos asumido.

—¿Por qué decís eso?

—Siempre has sido una tía que hablaba de que esta ciudad se le quedaba pequeña, querías irte de casa pronto e incluso mudarte a otro país. Desde que conociste a Nico no he vuelto a oír un comentario así.

—Es como si hubieses encontrado tu zona de confort y te diese pánico salir.

—No sé... Las cosas aquí van bien. He entrado en un grado que me gusta y que, por suerte, está en mi ciudad. No he tenido que plantearme seriamente lo de irme fuera porque no he tenido la necesidad.

—Tranquila, no queríamos que te sintieras atacada; solo picarte un poco. Pasas todo el día con Nico, entendemos que una relación a distancia tiene que ser bastante jodida.

¿Era Nico mi zona de confort? ¿De verdad pensaban que no podía separarme de él?

Capítulo 59

Nico

Una vez en Madrid cogimos un taxi para dirigirnos a la Casa Ronald McDonald. Tuvimos muchísima suerte y dejaron que nos quedáramos allí hasta que acabase el ensayo. Solo teníamos que hacernos cargo del gasto de los trenes y la comida, pero aun así era bastante dinero.

Cuando llegamos, nos encontramos con un edificio enorme de color marrón, que parecía entre un hostal y un colegio. Al entrar, todo estaba decorado con un millón de colores, las paredes, los muebles e incluso el suelo. Me recordaba un poco a la quinta planta del hospital, pero cinco veces más grande.

Nos asignaron una habitación en el último piso y dejamos allí todo el equipaje. Unas colchas de color verde chillón tapaban lo que sería mi cama durante los próximos días. Tanto color me dio dolor de cabeza.

—¿Te apetece que vayamos a investigar un poco? —preguntó mi madre.

—Está bien.

La Casa Ronald McDonald era enorme, había muchísimos niños. Un aula, cancha de baloncesto, biblioteca, sala de juegos con todas las consolas que podías imaginar. Era una completa locura.

La cocina era una sala común en la que cada uno preparaba lo suyo, por lo que mi madre decidió salir a comprar. Yo aproveché para subir de nuevo y hacerle una videollamada a Lola.

—Perdona, ¿eres Nico? —oí que decía una voz detrás de mí antes de abrir la puerta de la habitación.

Al volverme, vi a un chavalín con gorra de unos nueve años. Su voz temblaba y parecía nervioso. Su madre apareció detrás de él sonriendo.

—Sí, soy yo. —Sonreí.

—Me encantan tus vídeos, los veo todos. —Se estaba muriendo de la vergüenza—. ¿Nos podemos hacer una foto?

«¡Mi primera foto! Qué locura.»

—Perdona, es que ha visto que estabas aquí en tu último *tiktok* y no ha parado hasta encontrarte —se disculpó su madre.

—¡Pues claro que sí! ¡Bien hecho!

El chaval sacó su teléfono y nos hicimos un selfi. No sé si le hizo más ilusión a él o a mí.

—Muchísimas gracias.

—¿Te apetece que esta tarde juguemos al baloncesto un rato? —pregunté al ver su camiseta de los Lakers.

—¿Puedo? —preguntó mirando a su madre.

—Claro que sí —dijo, y me susurró—: Muchísimas gracias. No sabes la alegría que le has dado, llevaba días sin salir de la habitación.

Esa última frase hizo que se me ablandara el corazón. ¿Yo podía generar eso en la gente? Me parecía una locura. Sabía de primera mano lo que podía suponer que te diagnosticasen una enfermedad y estar enfadado con el mundo. Sentir una rabia profunda y pasarte días sin salir, sin querer hablar con nadie.

Entré en la habitación y llamé a Lola. Necesitaba contárselo todo por videollamada y ver su cara. Al fin y al cabo, había sido idea suya.

Capítulo 60

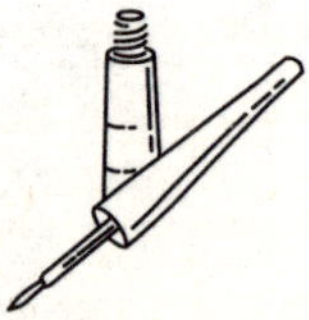

Lola

Durante los primeros días en Madrid, Nico y yo hablábamos a todas horas por teléfono e incluso por videollamada. Me contaba que allí todo era a lo grande: el aula, las salas comunes, incluso la consulta de la oncóloga. Había hecho buenas migas con un niño que lo seguía en redes y quedaba con él para jugar al baloncesto o para dar vueltas por la Ronald McDonald. Después de las pruebas, para comprobar que todo estaba en orden y poder empezar con el ensayo, noté un cambio muy grande en él.

¿Cómo vas?

Muy cansado.

Venga, dentro de un par de días ya estás aquí.

Ya, pensar que te veo dentro de poco es lo único que me anima. Hablamos mañana, vale? No me encuentro muy bien.

Nico volvió de Madrid hecho una mierda, no había otra manera de describirlo.

Álex y yo fuimos a la estación para recogerlos. A simple vista ya se notaba que había perdido algunos kilos en tan solo una semana. Su delgado cuerpo se dejaba caer en el hombro de su madre para ayudarse a caminar.

En cuanto pasaron las barreras del control de seguridad, Álex se acercó a Raquel para hacerle el relevo. Nos dirigimos hasta el coche y me senté con él en la parte de atrás.

—¿Qué ha pasado? —Verlo así me chocó tanto que no pude articular palabra hasta ese momento.

—No le ha sentado muy bien el viaje de vuelta —respondió su madre.

«¿Solo el viaje es lo que le ha sentado mal?»

Me acerqué a él para que pudiese apoyar la cabeza en mi hombro y le di un suave beso en la cabeza. No me lo podía creer, parecía otra persona. En tan solo una semana, ¿qué narices le habían metido en el cuerpo?

—No me lleves a mi casa, quiero estar contigo y dormir en nuestra cama... —Un hilo de voz salió de su cuerpo.

—De verdad que me encantaría que vinieras conmigo, pero necesitas descansar. No puedes quedarte solo cuando yo me vaya a clase, no así.

—Por favor. —Hizo un puchero y mi alma se partió en dos.

La culpa se apoderó de mí. Recordé aquella conversación en la que estaba convencido de que no quería ir y que, en lo más profundo de su corazón, sabía que ese tratamiento no funcionaría. ¿Por qué le había dicho que fuera? Él sabía que eso acabaría con él.

—Dentro de unos días, cuando estés un poco mejor, yo mismo iré a por ti para llevarte a casa de mi abuela. —Parecía que

Álex había oído lo que me había dicho—. Pero ahora tienes que quedarte con tu madre.

Nico asintió con la cabeza y volvió a apoyarse en mi hombro. Sus ojos permanecieron cerrados durante todo el trayecto. Era la primera vez que lo veía tan frágil, estaba asustada.

Llegamos a su casa y le eché una mano a Raquel con las maletas. Vivían en un tercero sin ascensor, por lo que Álex lo ayudó a subir la escalera llevándolo en brazos. Nico se agarró al cuerpo de mi primo como si de un koala se tratase hasta llegar al último escalón.

—Quédate, por favor —me susurró mientras se tumbaba despacio en la cama.

Miré a Raquel para que me diera su aprobación y asintió con la cabeza. No quería molestar, estaba claro que ella también necesitaba descansar. No sabía muy bien qué había pasado, pero suponía que la semana había sido muy larga para ambos.

—Llámame cuando quieras que pase a recogerte. Recupérate, chaval, que te esperan unas cuantas flexiones cuando mejores.

Raquel acompañó a Álex a la puerta y yo me quedé en la habitación con Nico. Saqué un pijama del armario y lo ayudé a ponérselo, quería que estuviese cómodo para meterse en la cama. El poco músculo que había conseguido ese verano había desaparecido y sus costillas volvían a marcarse como cuando nos conocimos.

—Túmbate conmigo —dijo mientras levantaba el edredón y daba unos golpecitos en la cama para que me quedara a su lado.

Me quité las zapatillas y me tumbé junto a él. Su delgado cuerpo desprendía muchísimo calor, así que le puse los labios en la frente para comprobar si estaba caliente.

—Tranquila, ya me he tomado algo para la fiebre. Llevo un par de días que no baja. —Me acercó a él lo máximo posible—. Ahora empezará a hacer efecto.

—Está bien, descansa.

—¿Me prometes que no te irás si me duermo?

—Te lo prometo.

Capítulo 61

Nico

No sé cuántos días pasé tumbado en la cama. Apenas comía, no tenía apetito, solo quería dormir. Sabía que Lola venía a verme todas las tardes, pero articular palabras me suponía tal esfuerzo que solo me limitaba a pedirle que se tumbara conmigo en la cama.

Abrazados, me contaba lo que había hecho por la mañana en clase, estaba emocionada con todo lo que estaba aprendiendo y me encantaba escucharla. Solo quería eso. Deseaba que llegase la hora de la siesta para que apareciera por la puerta de mi habitación para estar conmigo. Era como un rayito de sol que siempre venía a la misma hora.

—¿Hoy tampoco has comido nada? —Vio la bandeja que había dejado mi madre un par de horas antes de que ella llegase.

Negué con la cabeza y le pedí que se tumbara conmigo.

—Esta vez me tumbaré solo si comes un poco, por favor.

—¿Maltrato psicológico a un pobre enfermo? Qué mala eres...

—¿Mala? ¡Malo tú! Llevas días hablando con monosílabos y, después de tanto tiempo, tu primera frase es para decirme que te hago maltrato psicológico.

—Lola, de verdad que no tengo hambre.

—Solo un poco. —Hizo un puchero—. Si no comes, nunca tendrás fuerzas para levantarte.

Tenía razón, pero mi mente había entrado en bucle. Si el ensayo clínico de Madrid tenía alguna posibilidad de curarme el cáncer, estaba seguro de que me había destrozado por otra parte. Esa es la ironía de esta enfermedad, ¿no? Te ponen tratamiento para acabar con el tumor, pero eso mismo es lo que acaba contigo.

—Está bien, pero me apetece un vaso de leche con galletas.

—¡Genial! —Pegó un brinco y me dio un beso de la emoción—. ¡Enseguida te lo preparo!

Percibí el entusiasmo de mi madre desde la cocina al ver que había accedido a comer algo. En el instante en el que oí la cuchara removiendo el Cola Cao, mi barriga comenzó a rugir. No recordaba la última vez que había tenido esa sensación. Mi apetito había vuelto.

—Así que solo necesitabas un poco de chantaje emocional para comer, ¿eh? —dijo mi madre mientras recorría el pasillo hacia mi habitación.

—No te ofendas, mamá, pero si tú me chantajeas con que no te vas a tumbar conmigo..., no tiene el mismo efecto. —Reí.

—Está claro quién es tu verdadera medicina aquí...

Lola apareció por detrás con mi menú degustación de leche con galletas. Me senté en la cama, colocando una almohada detrás de mí para apoyar la espalda. Mis lumbares agradecieron cambiar de posición.

Los ojos de Lola se iluminaron cuando le di el primer bocado a la galleta. En ese momento me supo a gloria. Comí despacio para que no me sentara mal, pero arrasé con todas.

—Nunca pensé que diría esto, pero qué gusto verte comer.

—¿Por qué no? —respondí con toda la boca llena, haciendo que varios trozos cayeran.

—¡Serás guarro! —Puso cara de asco, pero le hizo gracia—. Ya veo que estás mejor.

—Pues sí, mi madre tenía razón.

—¿En qué?

—En que tú eres mi medicina.

Capítulo 62

Nico

Lola tenía razón, volví a comer y comencé a sentirme mejor poco a poco. Tenía ganas de levantarme y hacer cosas, aunque todavía no estaba como para hacer flexiones.

Álex se preocupaba mucho por mí, me encantaba la relación que teníamos. Me escribía a menudo para saber qué tal estaba:

Yeeeee, ¿cómo vas?

Mejor, pero todavía no estoy preparado para uno de tus entrenos.

Eres un flojoooo.

Ya sabes que soy un tío de veinte encerrado en un cuerpo de ochenta.

Pues nada, tío, te haré un entreno como los que preparo para mis clientes de la tercera edad ;).

Lola siempre me había hablado de Álex y me metió algo de miedo antes de conocerlo. Aunque al principio se hizo un poco el duro conmigo con su instinto de sobreprotección, enseguida fuimos uña y carne. La de veces que nos quedamos jugando a la PlayStation hasta las tantas de la madrugada mientras Lola roncaba. Éramos como hermanos.

Las semanas pasaron rápidas y, sin darme cuenta, al cabo de un par de días tenía que volver a Madrid para la segunda parte del ensayo. Me daba pánico. Ya sabía a lo que me enfrentaba allí, no quería volver.

—Me ha llamado Andrea —dijo mi madre mientras entraba en la habitación—. Tienes revisión antes de volver a Madrid.

—¿Y eso?

—Le he comentado cómo has estado estos días y prefieren ver que todo esté bien antes de volver a ponerte el tratamiento.

¿Revisión? Deberían haberme visto bajar de aquel tren el día que volvimos. Habría sido más que suficiente para saber que estaba en la mierda. Parecía un zombi, casi acaba conmigo.

Me vestí con el primer chándal que pillé y salimos camino del hospital. Sentía que mi madre estaba un poco nerviosa. Si el ensayo me había jodido tanto como pensaba, no tendría que volver a Madrid. Pero eso significaba que añadiríamos otro tratamiento fallido a la lista. Yo no quería volver y mi madre deseaba que funcionara.

Llegamos al hospital de día y lo primero que hicieron fue

pincharme para una analítica. Después me pesaron y, para sorpresa de nadie, había perdido diez kilos en menos de un mes. Ese peso que había conseguido en un verano se esfumó en unas semanas.

—Imagínate si no hubiese engordado.

—Prefiero no pensarlo —respondió mi madre.

Agradecí que Álex se pusiera pesado conmigo para que hiciese deporte y cuidase mi alimentación. Ese peso había sido lo que me había salvado esa vez, lo tenía clarísimo.

Esperamos, esperamos y esperamos. Las horas en el hospital para recibir los resultados de una analítica eran infernales. Aquella mañana había bastantes niños, muchos no sabían ni hablar. Me di cuenta de lo normalizado que tenía ver a un crío con un cable, pegado a una bomba que le pasaba la medicación.

Recordé cómo me chocaba ver aquello las primeras veces que entré en el hospital. A veces pensaba que me había hecho de piedra, pero simplemente me había acostumbrado a eso. Aquella era mi realidad y la había normalizado por completo.

Eso no me hacía menos sensible, solo era más consciente de que también era la realidad para otros. Hasta que lo vives de cerca no puedes saber qué se siente.

—Nico, ya puedes pasar —me llamó mi oncóloga desde la puerta de la consulta.

—Hola, Andrea.

—¿Cómo estás? Ya veo que el cambio físico es evidente.

—Por fuera, hecho una mierda. Ahora me contarás qué tal estoy por dentro —respondí mientras me sentaba en la camilla.

—Como era de esperar, la analítica no es muy favorable. —Movió unos cuantos papeles de su mesa—. Las plaquetas las tienes por los suelos y el ensayo no le ha sentado muy bien a tu hígado.

—Como suelo decir, lo que te cura por un lado te mata por otro.

—¿Esperamos un par de semanas más para poder volver a Madrid? —preguntó mi madre.

—Los ensayos no son tan flexibles como las quimios que ponemos nosotros aquí. Viendo esta analítica..., mandarlo de nuevo a Madrid sería una imprudencia.

Intenté fingir que no estaba contento. El universo me había dado la razón, porque yo había dicho que no funcionaría. Si hubiera próxima vez, nadie podría obligarme a ir. Yo tomaría la decisión.

—¿Quimio y radio como siempre? —pregunté.

—Quimio y radio como siempre —respondió Andrea.

Capítulo 63

Lola

El grado iba a acabar conmigo. Es cierto que no había mucha materia para estudiar, quitando un par de asignaturas, pero el resto era práctico. Tenía taller tres horas seguidas casi todos los días y era un estrés increíble.

Las profesoras eran muy exigentes y yo, demasiado perfeccionista. Puede que parezca una buena mezcla, pero no, eso me hacía dudar aún más de mí misma.

Un mensaje de Nico me sacó de mis pensamientos.

Buenos días, cómo vas?

Hola, bello durmiente!
Ahora mismo, con escayola
hasta las cejas. Tú?

Ouch :(. No suena muy bien. Oye,
te apetece venir a mi casa esta tarde
y te quedas a dormir?

Vale! Creo que puedo estar allí sobre las seis y poco.

Genial ;).

Por fin era viernes y tenía muchas ganas de estar con Nico. El trimestre estaba a punto de acabar y no podía permitirme ir todas las tardes a su casa. Echaba de menos los fines de semana en el piso de mi madre, cuando estábamos solos y nos pasábamos el día viendo pelis.

Me parecía increíble que hubiese pasado un año, era una locura. Aunque no habíamos podido celebrar nuestro primer aniversario como me habría gustado, lo importante era que Nico seguía ahí. El ensayo había estado a punto de acabar con él. Fue la primera vez que lo vi tan mal, y eso que a principios de año le habían abierto la cabeza para quitarle un tumor del tamaño de una naranja.

—¡Que tengas buen finde!

—¡Igualmente, Clara!

Salí del taller volando y me subí al coche de mi tía. Al llegar a casa, la *iaia* había preparado lentejas y me morí de alegría; podría comerlas todos los días.

—Hoy voy a dormir en casa de Nico —dije mientras ayudaba a recoger la cocina.

—¿Nos abandonas a *Zoe* y a mí? Muy bien.

—*Iaia*, no me digas eso...

—Es broma, no te preocupes. Esta noche hay dos capítulos nuevos de mi novela turca, estaremos entretenidas.

Aproveché que no era muy tarde para descansar un poco y dormir la siesta. Estaba agotada de toda la semana. Al despertarme, me di cuenta de que no había puesto una alarma y no sabía ni en qué día vivía.

«Mierda.»

Cogí el móvil para avisar a Nico y vi que tenía un mensaje suyo:

Lola? Estás bien?

Perdóname, tardo nada en llegar!

Me preparé en tiempo récord —no sé ni cómo lo hice— y fui a casa de Nico. Aquel día Álex estaba de buen humor y accedió a llevarme. Era tardísimo, coger un bus como tenía planeado ya no era una opción.

—Me debes una —dijo Álex cuando me apeé.

—¿No puedes hacerme un favor y ya?

—¡No! —Arrancó y antes de irse gritó—: ¡No olvides usar condón!

Puse los ojos en blanco y toqué al timbre de Nico. Mi primo no tenía remedio. Era como un crío de doce años encerrado en un croissant de veinticinco.

—¿Sí? —dijo Nico por el telefonillo.

—¡Yo! —contesté, y la puerta se abrió de forma automática.

«¿Por qué la gente siempre abre cuando dices "yo"?»

Subí los tres pisos a duras penas, odiaba aquellos trozos de cemento que siempre me hacían recordar que debía hacer algo de deporte. Nunca me había acostumbrado a la escalera. Al llegar a la tercera planta, me encontré a Nico en su puerta, vestido con una camisa blanca.

—¿Camisa?

—Yo también me alegro de verte —me vaciló.

—Perdona. —Me acerqué para darle un cálido beso en los

labios—. Creo que nunca te había visto con camisa, estás muy guapo.

—No, nunca me has visto con una, pero la ocasión lo merece. Aunque estoy empezando a recordar por qué nunca me la pongo.

Comenzó a hacer movimientos extraños para demostrarme que no estaba muy cómodo con ella. Levanté una ceja y miré mis pies. No me había arreglado para nada, con suerte me había puesto unos vaqueros en vez del chándal.

—Vamos dentro y te cambias, no pasa nada. —Entré detrás de él y cerré la puerta—. Pero yo no puedo salir así.

—¿Quién ha dicho que vayamos a salir?

Capítulo 64

Lola

Entré en su casa y nos dirigimos a su habitación para dejar mis cosas y que se cambiara la camisa por una sudadera verde de Supreme. Qué poco duró mi fantasía de verlo con algo más arreglado, pero estaba claro que no era su estilo para nada.

—En la boda de mi madre tendrás que llevarla todo el día. Ya puedes empezar a mentalizarte —le vacilé.

—No me lo recuerdes, por favor. —Hizo un puchero.

—¿Me vas a contar adónde vamos?

—Lola, sabes que me cuesta mucho callarme las sorpresas, no hagas más preguntas.

Mis ojos se iluminaron al instante, amaba las sorpresas. Nico parecía nervioso, si hacía alguna pregunta de más explotaría. Si había aguantado todo ese tiempo, no quería chafarle la sorpresa. Me callé y seguí todas y cada una de sus indicaciones.

—Vale, aún nos da tiempo —dijo mientras sacaba la cabeza por la puerta de su habitación—. Ponte esto en los ojos. —Sacó un pañuelo azul marino de su bolsillo.

—Qué miedo. —Reí.

—Tú solo confía en mí —dijo mientras se colocaba detrás de mí para ayudarme a taparme los ojos—. ¿Ves algo?

—Nada de nada.

Todo estaba completamente oscuro y, aunque tuve la tentación de mirar, no lo hice. Nico agarró mi mano con fuerza y comenzó a caminar delante de mí con cuidado. Fuimos por el largo pasillo de su casa hasta llegar a la puerta de entrada.

—Pensándolo mejor, quítatelo —dijo mientras me deshacía el nudo que había hecho escasos minutos antes.

—¿Me has puesto un pañuelo en los ojos para recorrer el pasillo de tu casa?

—Joder, Lola. —Los dos nos empezamos a reír—. Ya sabes que se me da muy mal esto. No había pensado que teníamos que subir escaleras y no quiero que te abras la cabeza.

—¿Eso quiere decir que vamos a la azotea?

—Sí, pero no voy a responder a más preguntas.

Cerró la puerta con llave y pasó por delante de mí para subir. En ese momento, subir cuatro pisos más no se me hizo pesado. Estaba eufórica por saber qué había preparado. Nunca había subido tan rápido, iba mirándome los pies para evitar tropezar con algún escalón.

—Pañuelo para arriba, pañuelo para abajo... —dijo al llegar a la puerta metálica de la azotea—. Prométeme que vas a cerrar los ojos si no te lo pongo.

—Prometido.

Cerré los ojos con todas mis fuerzas y oí el sonido de las llaves mientras buscaba la correcta. Al abrirse, la puerta soltó un chirrido de película de terror.

—Ya puedes abrirlos.

Abrí los ojos antes de que pudiese acabar la frase y me

encontré una escena digna de película. Nico había colocado un montón de mantas y cojines en el suelo, todo decorado con guirnaldas de luces. Su piso estaba en el centro, por lo que desde ahí podíamos ver toda la ciudad, el mar e incluso el gran castillo. Las vistas eran preciosas desde aquella azotea.

—¿Y esto por qué? —Me lancé a sus brazos mientras le llenaba la cara de besos.

—Sé que no es Asturias y que nuestro aniversario ya ha pasado, pero quería hacer algo especial.

—Es lo más bonito que han hecho por mí en mi vida.

—Sé que eres una chica de atardeceres, así que pensé que te gustaría —dijo mientras nos acomodábamos entre los cojines.

Nico era el chico más tierno que había conocido nunca. Siempre había creído en el destino, me encantaba pensar en la forma en que nos cruzamos de casualidad y cómo conectamos al instante.

Amaba los atardeceres. Ver cómo en cuestión de segundos el cielo podía pasar por diferentes tonalidades me parecía mágico. Tal vez porque Nico estaba a mi lado y eso lo hacía aún más especial, aquel atardecer me pareció el más bonito del mundo.

—Ese es mi color favorito —dijo mientras señalaba el horizonte—. Cuando el cielo se vuelve amarillo y comienza a mezclarse con el naranja.

—Mi abuelo siempre decía que, si los atardeceres eran muy anaranjados, significaba que venían días de viento.

Sentí cómo mis ojos se cristalizaban y Nico me acercó con fuerza a su pecho. Comenzó a besarme desde la cabeza hasta la punta de la nariz. Era un mar de lágrimas, ya no podía aguantar el dolor que sentía por la pérdida de mi abuelo. Nunca lo hablé, no dije nada, simplemente lloré todo lo que tenía guardado de aquellos meses.

—Gracias por esto —dije mientras Nico me secaba las lágrimas con la manga de su sudadera.

—Te lo mereces todo, Lola. No tienes que agradecerme nada.

Capítulo 65

Nico

Estaba contento de volver a la quimio en casa, todo lo feliz que puedes estar poniéndote un tratamiento que te mata las células benignas. Después de casi cuatro años, el hospital era mi segunda casa, y todo el personal que me ayudaba con los tratamientos e ingresos se había convertido en mi familia.

Durante aquellos ciclos de quimio eché mucho de menos a Lola. No estaba solo, mi madre siempre venía conmigo y obviamente estaba agradecido por ello. Pero que tu novia aguantase todas aquellas horas en el hospital, haciéndote compañía e intentando que no te durmieras de aburrimiento, era otro rollo.

Echo de menos que vengas conmigo al hospi :(.

No me digas eso, que me fugo de clase y estoy ahí en media hora.

Vale, vale, no he dicho nada, jajajajaja.

A mí también me gustaría estar ahí contigo <3.

Aquella mañana se hizo demasiado larga y estuve todo el rato con el teléfono, viendo vídeos, contestando mensajes. Hasta que me llegó un e-mail que me llamó la atención.

Buenos días, Nico:

Antes de nada, decirte que nos encanta tu contenido y creemos que haces una labor muy buena en redes sociales. Hemos seguido tu crecimiento en TikTok y queremos felicitarte por ello.

Te escribimos porque nos han contactado desde un programa. Si piensas que podrías estar interesado te daremos más información. Estamos seguros de que el tema que van a tratar encaja a la perfección contigo.

Aprovechamos también para comentarte que hemos visto que en tu perfil de Instagram no mencionas ninguna agencia. Creemos que tienes muchísimo potencial y nos encantaría que formaras parte de nuestro equipo. Si estás interesado, no dudes en contestar a este e-mail.

Si necesitas más información, podemos concretar una videollamada sin problema, ya que sabemos que no eres de Madrid, aunque nos gustaría mucho conocerte en persona y que nos hicieras una visita en nuestras oficinas.

Un saludo y ¡mucho ánimo!

Sabía que la gente que se dedicaba a redes solía tener una agencia para encontrar campañas, ir a eventos, etcétera, una ayuda para gestionar el trabajo, pero nunca pensé que se interesarían por mí. Al menos, no tan pronto. No llevaba ni un año haciendo vídeos, todo estaba ocurriendo demasiado deprisa.

—Mamá, mira esto —dije mientras le pasaba mi teléfono.

—Pero ¿qué...? —Hizo el típico gesto que hacen las madres al mirar el teléfono—. ¡Esto es genial!

—Quiero saber qué programa es.

—Venga, vamos a responderles.

Mi madre había estudiado Derecho, aunque no ejercía. Buscamos más datos sobre la agencia y me ayudó a escribir un e-mail para conseguir más información. Dentro de su página web aparecía gente a la que yo seguía desde hacía muchísimo tiempo, lo que me hizo pensar que estaría en buenas manos.

—Muy bien, mañana haremos una videollamada con ellos.

—¡Mi hijo es famoso!

—¿Quieres no gritar? Qué vergüenza...

—Vergüenza es robar. Ya sabía yo que nos sacarías de pobres —me vaciló.

Aunque seguía teniendo el recuerdo amargo de Madrid después del ensayo, ir para conocer a la gente de la agencia no me parecía tan mala idea. Tal vez fuera una oportunidad para intentar hacer una escapada rápida con Lola. Con un poco de suerte, me dejarían ir la semana de descanso después del ciclo de quimio.

Capítulo 66

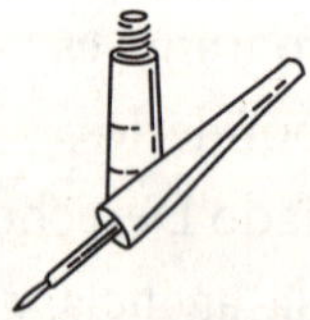

Lola

Las vacaciones de Navidad estaban cerca y mis amigos querían aprovechar para tener un poco de vida social antes de los exámenes de enero. Valeria seguía en Valencia; bajar para ver a su familia o quedar con nosotros todos los fines de semana era mucho gasto.

Sofi: Lolaaaaa, te apetece que vayamos a tomar algo con Marcos?

Perfe, puede venir Nico?

Sofi: Claro! A las diez en la expo?

Okey, nos vemos ;).

Valeria: Os odio, yo también quiero :(.

Amiga, en nada estás en casa por Navidad. Cómo te va en la escuela?

Valeria: Todo bien, la gente es bastante maja y el curso..., ya os contaré cuando esté allí dándoos por saco.

Sofi: Ánimo, tía. No te echamos de menos ;).

Nico había vuelto a ser uno más en casa de mi abuela. Me encantaba que estuviese con nosotras, y sabía que la casa de mis abuelos era algo especial para él.

Mientras me arreglaba para salir, Nico se encargó de preparar unas pizzas. El baño estaba pegado a la cocina, por lo que pude oír con claridad la conversación que tenía con la *iaia*.

—¿Hasta cuándo te vas a quedar esta vez? —preguntó ella.

—Hasta que os canséis de mí.

—Sabes que te quiero como a un nieto más, ¿verdad?

—Lo sé, lo sé... —No podía ver su cara, pero sabía que la vergüenza se lo iba a comer.

—Pero ¿por qué te gusta tanto estar aquí?

—La primera razón es obvia...

—No, si ya sabemos que tonto no eres —dijo la *iaia* entre carcajadas.

—Y la segunda es porque aquí siento que no estoy enfermo.

—¿A qué te refieres?

—No sé. Aquí siempre hay gente, esta casa tiene muchísima luz, y tanto Lola como tú me tratáis, pues eso..., como si no estuviese enfermo.

—Perdóname, Nico, pero sigo sin entenderlo.

—Es difícil de explicar, pero, desde que entré aquí, siempre me habéis tratado como a uno más. Si había que recoger, limpiar, lo que fuese, yo lo hacía también. Nunca me habéis mirado con esa cara que suele poner la gente de «pobrecito, está enfermo».

Me asomé por la puerta y vi la escena más tierna del mundo. Mi *iaia* era muy bajita, por lo que Nico le sacaba como tres cabezas. Hasta ese momento, no me había dado cuenta de lo que tenía que agacharse para poder darle un abrazo.

Desde el primer día, aquellos dos habían tenido una conexión inmediata. Nico veía reflejada a su abuela en la mía y mi *iaia* siempre había pensado que él era una persona especial. Desde aquel día en el que se quedó con ella, tumbado en el sofá, mientras yo iba a hacer un trabajo a casa de Sofi, se convirtieron en uña y carne.

—Tenemos a una celosilla que quiere unirse —dijo la *iaia*.

—Me habéis pillado —respondí mientras salía del baño y me acercaba a ellos.

—Te damos permiso para unirte al abrazo.

Y ahí estaba yo, abrazada a mis dos personas favoritas. Deseando que aquella sensación tan cálida nunca se borrase de mis recuerdos.

—¿No oléis como a quemado?

—¡Nico, las pizzas! —grité.

Capítulo 67

Lola

—Perdona —dijo una voz muy familiar detrás de nosotros—. ¿Puedo hacerme una foto contigo?

—Qué pava eres, Sofi —dije mientras me daba la vuelta.

—Disculpa, no me acostumbro a tener un amigo famoso.

—No digas mi nombre en alto..., no quiero que mis fans se enteren de que estoy aquí —vaciló Nico.

Mientras esperábamos a Marcos, fuimos a buscar una mesa libre donde poder tomar algo. Aquel bar siempre estaba lleno, pero yo nunca le vi nada especial. La acústica era terrorífica, te pasabas la noche chillando para poder oír a la persona que tenías al lado, no tenía billar y no voy a comentar nada sobre los baños. Fuera a la hora que fuese, nunca los encontré limpios.

—¿Por qué venimos a este sitio? Siempre que vengo me lo pregunto.

—¿Cubatas a tres euros? —respondió Sofi mientras movía su roncola como si la respuesta fuese obvia—. Mirad, ahí está Marcos.

Los tres levantamos la mano de forma intuitiva para que nos encontrara, ya que parecía un poco perdido entre tanta gente.

Al vernos, se acercó a nosotros y me levanté para darle un abrazo. Antes de sentarse con nosotros, le dio un choque de «*bros*» a Nico y, por último, saludó a Sofi dándole un beso en los labios.

«Espera. ¿QUÉ ACABA DE PASAR?»

Mis ojos se abrieron como platos y me quedé completamente pálida.

—¿Os acabáis de besar?

—No, en absoluto. —Marcos cambió de tema—. ¿Qué tal todo, Nico?

—Lo he visto.

—Tía, que no, ha sido en la mejilla —se defendió Sofi.

—Nico, dime que lo has visto —dije, y se encogió de hombros—. ¡Decidme la verdad! Me siento como en un episodio de *Friends*, cuando Chandler y Monica intentan ocultar que están liados.

—Joder, Marcos... Solo tenías una tarea esta noche. ¿Tanto te costaba no besarme en este rato que íbamos a estar con ellos?

Las mejillas del rubio se volvieron rojas y se encogió en la silla. Sofi empezó a pegarle la bronca y el rostro de Marcos decía «Tierra, trágame» con todas las letras.

—Hacéis buena pareja.

—¿Tú crees? —respondió Sofi, y se volvió hacia nosotros para integrarnos de nuevo en la conversación—. ¿No estás enfadada por no habértelo contado?

—¿Cómo me voy a enfadar? Lo que me parece raro es que hayas aguantado tanto sin contármelo. —Reí.

En eso Sofi y yo éramos muy parecidas. Ser chicas misteriosas no era lo nuestro, cada vez que nos pasaba algo teníamos que contárselo a alguien. Siempre decíamos que nuestra personalidad se parecía a la del asno de Shrek.

—Enhorabuena, soldado. —Nico se acercó para darle la mano a Marcos—. ¿Cuánto lleváis?

—A finales de verano... pasaron cositas —respondió el rubio, y de forma automática recibió un golpe en el brazo por parte de Sofi.

—¿Cómo que «Enhorabuena, soldado»? —pregunté.

—Aunque tuve los ojos puestos en ti toda la noche en la fiesta de Valeria —respondió mientras me miraba tan fijamente que tuve que tragar saliva para no atragantarme—, también me di cuenta de que a Marcos le molaba Sofi.

Así era Nico. Desde fuera parecía que siempre estaba en su mundo y no se enteraba de nada, pero en realidad le encantaba un buen cotilleo. Debo decir, sin quitarle mérito, que la única persona que no se dio cuenta de lo que pasaba era Sofi. O, por lo menos, fingía muy bien no saberlo, todo podía ser.

—Bueno, ya vale de hablar de nosotros. —El tono de Sofi cambió por completo—. ¿Qué tal estáis? ¿Cómo vas con todo, Nico? ¡Me veo todos tus *tiktoks*!

—Pues la verdad es que muy bien. Hace unos días me contactó una agencia y esta mañana he tenido una videollamada con ellos para hablar sobre el contrato. Seguramente firme con ellos.

Podría haberme pasado el día escuchándolo. El tema de la agencia era algo que lo tenía emocionado todo el tiempo, sobre todo porque, si todo iba bien, haría su primera entrevista.

Nico era una persona muy inteligente; nunca le había gustado estudiar, pero le encantaba saber el porqué de las cosas. Podías hablar con él sobre cualquier tema, aunque la mayoría de las veces dejaba que él hablase y yo simplemente escuchaba.

—¿Una agencia? ¡Eso son palabras mayores! Me alegro muchísimo por ti.

—Oye, si te invitan a algo guay no olvides a tus amigos, ¿eh? —dijo el rubio mientras le guiñaba un ojo.

—Si lo invitan a algo querrá ir con su novia, no con su amigo el aprovechado —respondió Sofi dándole otro golpe en el brazo.

—Vaya dos... —dije entre carcajadas.

Capítulo 68

Lola

Cuando empieza a faltar gente en la mesa, las Navidades se convierten en una auténtica pesadilla. Recuerdo que, de pequeña, siempre me enfadaba con mi madre porque a ella no le gustaba la Navidad. No lograba entenderlo.

A pesar de que mis padres se divorciaron cuando era muy pequeña, tuve una infancia muy feliz. Aunque estuve maletas y mochilas arriba y abajo, semana con mamá, fin de semana con papá, mis padres se llevaban relativamente bien. Todo eran épocas, supongo.

Muchos de los padres del cole pensaban que seguían casados. Venían a recogerme juntos a los cumpleaños y siempre se veía el buen rollo entre ellos en festivales y graduaciones.

Cuando viví el primer hueco en la mesa durante Nochebuena, todo cambió y entendí por qué a los adultos no les gustaba la Navidad. Aunque mi padre ya no estuviera, seguía pasando algunos días con mi madre y otros con mi familia paterna. El día de Reyes para mí era sagrado, por lo que siempre era en casa de mi abuela.

—¿De verdad que no quieres que me quede? Puedo hablar con mamá.

—Ella también tiene derecho a estar contigo en Nochebuena, yo ya te disfruto todos los días —respondió la *iaia*—. Además, no voy a estar sola. Vienen tus tíos y primos, como siempre.

—Lo sé, pero...

—Sí, va a ser duro. Ya sabes cómo va esto, las primeras veces son las que más cuestan, pero hay que pasarlas.

Era la primera Nochebuena sin mi abuelo, y me partía el corazón pasarla lejos de mi abuela. Sabía que mi madre me estaba esperando para cenar con la familia de Javi, pero no habría dudado en quedarme si la *iaia* me lo hubiese pedido.

Aquello se me hacía muy cuesta arriba. No tenía mucho trato con la familia de Javi, ya que vivían en un pueblo a cuarenta y cinco minutos de la ciudad y no solía ir mucho. Sus hijos ya eran mayores, por lo que tampoco nos juntábamos a menudo. Aparte de sus hijos, Javi tenía muchísimos sobrinos, era una familia enorme, y eso que en la mía no nos quedábamos muy atrás...

—¿Qué te vas a poner?

—No sé, mamá, cualquier cosa.

—Te recuerdo que es Nochebuena.

—Pero si, total, vamos a estar en una casa, no me apetece arreglarme. Prefiero estar cómoda.

—Ponte esto —dijo mientras me pasaba una bolsa con un lazo rojo.

Dentro se encontraba un vestido largo de color negro bastante ajustado y cuello alto. Dudé un poco de si me iba a quedar bien, a lo que mi madre respondió estirando la tela para demostrar que podía entrar perfectamente. No estaba de humor, no me apetecía discutir, así que me puse el vestido para contentarla.

—Ni se te ocurra ponértelo con las botas militares, que te veo las intenciones.

—Pues como no pinte unos tacones, no sé qué quieres que me ponga.

—Está bien, ponte las botas. —Puso los ojos en blanco y se dirigió al baño para seguir maquillándose.

Mi madre necesitaba causar impresión en todo momento con la familia de Javi y esperaba que yo hiciese lo mismo. Al cabo de unos meses se casarían, y entendía que, en cierto modo, ahora yo también formaba parte de su familia. Era un poco complicado tener ese sentimiento con un grupo de gente al que solo veía una vez, como mucho dos, al año. Que mi madre me integrara a la fuerza era algo que me ponía de los nervios.

Hola, pequeña. ¿Cómo vas?

foto
Estrenando vestido que he tenido que ponerme por obligación :).

Pues estás preciosa.

Gracias! Ha venido ya Papá Noel?

Síii, todo ropa. No había pedido otra cosa, ya sabes cómo soy.

Qué raaaaro. A ver cuándo tienes un rato y me haces un pase de modelos ;).

Eso está hecho!!!
Por cierto...

Qué pasa?

Feliz Navidad, estoy deseando pasar la Nochevieja contigo.

Feliz Navidad. Tengo muchas ganas de que empecemos el año juntos <3.

Capítulo 69

Lola

Después de sobrevivir a Nochebuena y el día de Navidad con mi madre, pude volver a casa de mi abuela. Tal vez el verbo *sobrevivir* pueda sonar un poco fuerte, pero aquellas Navidades no tuve ganas de celebrar nada.

—Espero que, ahora que has llegado a casa de tu abuela, ya no tengas esa cara de mustia todo el día.

—Gracias, mamá. Veo que la empatía es tu fuerte. —Sonreí de forma irónica.

—¿Tanto es pedir que vengas a cenar con nosotros en Navidad?

—¿Tan difícil es entender que es la primera Navidad sin mi abuelo y que no estoy de humor?

—No eres la única que ha perdido a alguien en la vida, ¿lo sabías?

—¿Acaso he dicho yo eso en algún momento?

—No lo dices, pero con esa cara de pobrecita..., parece que te encante dar lástima. Desde que murió papá vives en un papel de víctima constante.

—Adiós, mamá. Gracias por traerme, Javi —dije mientras cerraba la puerta del coche.

Me dirigí a la puerta de casa de mi abuela y sentí un nudo en la garganta. No quería llorar, no ahora. Me sentía impotente. En ningún momento había pretendido dar pena, no buscaba eso. Es más, odiaba esa cara que ponía la gente de «pobrecita, no tiene padre» e intentaba huir de ella a toda costa. Ya sabía que no era la única que había perdido a su abuelo en la vida. ¿A qué venía eso?

Las palabras de mi madre me sentaron como una puñalada en el pecho. Sabía que muchas veces no era consciente de lo que decía, no pensaba antes de hablar. Pero no era capaz de darse cuenta del daño que hacía.

Entré en casa y oí cómo el coche se marchaba. Respiré hondo y fingí que no había pasado nada, sabía que mi abuela se preocuparía si me veía mal. No me apetecía fastidiarle la última noche del año.

Ya estoy en casa de la iaia, puedes venir cuando quieras :).

Genial, me preparo la mochila y voy!

No te olvides de la ropa marrón, porfi.

Aquella Nochevieja, no sé cómo lo hice, pero convencí a mi familia para que nos disfrazáramos de alguna temática. Decidimos que de personajes Disney era la mejor opción, ya que a todos nos gustaba mucho. Aunque no tuvimos mucho tiempo para hacer el disfraz, porque fue una decisión un poco repentina, la intención era lo que contaba.

Una de mis tías fue de Pocahontas, peluca negra larguísima incluida, y la otra de Minnie Mouse. Mi prima Amaia se disfrazó de Remi de *Ratatouille* y mi tío fue de Chef para acompañarla. Por otro lado, Hugo se disfrazó de Big Hero 6 junto a su peluche de *Buymax!*, y Álex, de Kuzco.

—Esto es lo único marrón que he encontrado —dijo Nico mientras sacaba un montón de ropa de su mochila.

—Está bien, la cosa es hacer algo diferente.

—Ya sabes que no soy muy fan de disfrazarme, pero veo que has convencido a toda la familia.

—Toma, póntelo.

Nico y yo decidimos ir de WALL·E y EVA. Nico no era muy fan de las pelis de Disney, pero *WALL·E* era una de las pocas que le gustaban. Al ser disfraces caseros y con poco tiempo de preparación, él buscó algo de ropa marrón y yo me puse un vestido blanco. Para que no fuese tan soso, aproveché mi maña con las manualidades e hice un par de detalles con fieltro.

Para Nico, simulé la parte delantera de WALL·E, donde transformaba la basura en cubos, y le puse una cuerda para que se lo pudiese colgar. Para mí, una especie de pin, imitando la luz verde de EVA con el dibujo de la maceta. No era gran cosa, pero fue divertido.

—¿Dónde está la *iaia*? —preguntó mi tío al ver que estábamos todos en el salón menos ella.

—Ya voy, ya voy —respondió ella.

La *iaia* apareció con un jersey rosa chicle y unas minicoletas a los lados de la cabeza. Era Boo de *Monstruos S. A.*; sin duda fue el mejor disfraz.

La cena fue bastante tranquila y nos pusimos hasta arriba de comida. El día de fin de año siempre tenía una sensación extraña. Pensaba que te pasabas toda la noche esperando a que llegasen las doce, te daba un subidón y después nada.

En esa ocasión me sentía un poquito diferente, porque empezar el año con Nico era demasiado especial. Era la primera vez que pasábamos la Navidad juntos, ya que el año anterior acabábamos de empezar a salir y pensamos que era muy pronto.

—¿Habéis pelado las uvas? —pregunté.

—Pues claro que no. Aquí la única tiquismiquis con eso eres tú —respondió Álex.

—Yo es que este año voy a chupitos —respondió mi tía.

—Mamá, verás como esta noche pegas la pota del siglo —dijo Álex con cara de asco.

Con mis uvas ya peladas, junto a mi familia alrededor del televisor y el amor de mi vida a mi lado, recibí el año. Creo que fue la primera vez que pude comérmelas todas sin atragantarme. Por otro lado, Nico no podía decir lo mismo.

—¡Feliz año! —dije mientras me levantaba de un brinco del sofá.

—Feliz año, pequeña —me contestó cuando consiguió tragar todas las uvas de su boca—. Ojalá podamos empezar el año juntos mil veces más.

Con suavidad pero con decisión, me agarró la cara con las dos manos y unió nuestros labios. No sé qué pasaría por su cabeza en esos momentos, pero sospecho que algo parecido a lo que pasó por la mía: un deseo muy grande de poder seguir abrazando ese cuerpo que sentía casi como parte del mío.

—Mil veces... Un millón de veces —susurré sin despegar del todo los labios de los suyos.

—A esto lo llamo yo empezar bien el año. —Me guiñó el ojo y, con picardía, me metió una pepita de uva en la boca.

Riendo, lo agarré por el jersey para tratar de devolverle lo que era suyo.

—Por favor, que corra un poquito el aire —se quejó Álex por detrás haciendo que nos separásemos de la vergüenza.

—Solo tienes envidia —aseguré.

—Pues sí, yo también quiero besar a mi *bro* así. —Hizo un puchero y todos empezaron a reír.

Capítulo 70

Lola

Aquella noche no pude dormir nada. Me desperté a medianoche sudando como un pollo y con muchísima angustia. Podría haber culpado al alcohol por eso último, pero solo había bebido un par de cervezas.

Me encontraba muy mal y, como deduje que mis visitas al baño esa noche serían muy seguidas, decidí acostarme en el sofá para no despertar a Nico. ¿Me había sentado mal algo de la cena? No entendía nada. Pasaba de sudar a tener escalofríos y necesitar taparme con las matas en cuestión de minutos.

A la mañana siguiente, esperé a que alguien de mi familia despertara para ayudarme, ya que me era imposible levantarme del sofá. Tenía tal dolor muscular que sentía que me habían pegado una paliza mientras dormía.

—¿Lola? ¿Qué haces durmiendo en el sofá? —preguntó la *iaia* extrañada.

—No sé qué me pasa, pero estoy mala.

—No será covid, ¿verdad?

Aunque ya no estábamos en estado de alarma, el covid seguía existiendo y debíamos tener cuidado. Al explicarle los síntomas a mi abuela, despertó a Álex para que fuese a comprarme un test de antígenos a la farmacia. Tenía mucho miedo de dar positivo, porque entonces estaba segura de que se lo habría pegado a Nico.

—¿Qué pasa? —preguntó Nico mientras entraba en el salón bostezando.

—¡No te acerques! ¡Creo que tengo covid!

—¿Cómo vas a tener covid? Si casi no salimos de casa.

—Nico, por favor. No quiero contagiarte.

—Si tienes covid, lo más seguro es que ya lo tenga —dijo mientras se sentaba a mi lado.

—¿Y por qué estás tan tranquilo?

—Poca cosa podemos hacer ahora, por lo menos no tengo tan mala cara como tú. —Rio.

—Pero serás...

Álex llegó con test de antígenos para todos. Tenía sentido, ya que habíamos pasado la Nochevieja juntos. Mala idea enviar al hipocondríaco de la familia a la farmacia, Álex estaba al borde del infarto.

Me daba mucha cosa hacerme el test yo sola, así que mi primo, con toda su mala leche, por si le había pegado algo, me ayudó a hacerlo. Toda la familia dio negativo menos, para sorpresa de nadie, Nico y yo.

—Nico, tienes que llamar a Andrea y que te ingresen —dije preocupada.

—¿Cómo me van a ingresar si yo no tengo ni un síntoma? Voy a llamarla para ver qué hacemos, pero dudo que me ingresen. —Se levantó del sofá y fue a por su teléfono.

Estaba asustada. Aunque Nico estaba un poco mejor, seguía siendo un paciente oncológico. Sus defensas no eran tan fuertes como las mías, y sabíamos que no podía permitirse ni un resfriado. Lo que nos pareció extraño fue que no tuviese ningún síntoma. Tal vez lo estaba incubando y todavía no habían florecido el malestar y la fiebre. Era todo muy extraño.

—Dice Andrea que seguramente te lo haya pegado yo —dijo entrando de nuevo en el salón.

—¿Me estás vacilando? —Todos nos quedamos de piedra.

—Si yo he dado positivo sin síntomas y tú ya estás fatal, es porque lo más probable es que lleve semanas con covid sin que lo supiéramos.

Tenía sentido que Nico fuese el que se había contagiado primero, él estaba siempre entrando y saliendo del hospital, y ahí es donde se cuece todo realmente. Por mucho cuidado que quieras tener, todos los virus se concentran ahí. Pero ¿que una persona con cáncer fuese asintomática? Nadie entendía nada.

—¿Y ahora qué? —pregunté.

—Me ha dicho que tienes que hacer cuarentena durante una semana en tu habitación, que nadie se acerque a ti. Yo iré al hospital a hacerme una prueba para asegurarnos de que soy positivo y tendré que hacer cuarentena también, pero en mi casa.

—Así que el enfermo por el que tenemos todos cuidado es el que nos va a pegar el covid. No mola, *bro* —bromeó Álex.

Nico se fue a casa a regañadientes. Primero, porque no quería irse, y segundo, porque se sentía fatal por habérmelo pegado. Por suerte, nadie más dio positivo, estábamos preocupados por la *iaia*, ella también era de riesgo.

Me tomé un paracetamol y me metí en mi cuarto. Una semana encerrada, sola, como si fuese una apestada. Qué forma tan maravillosa de empezar el año.

Capítulo 71

Lola

La semana que pasé confinada fue un horror. Los tres primeros días después de dar positivo tuve que estar a oscuras, sentía que me iba a estallar la cabeza y la fiebre no bajaba. La *iaia* estaba preocupada, apenas comía. Pero ella siempre me traía una bandeja con cosas ricas y me la dejaba al lado de la puerta.

Al cuarto día fui capaz de levantar la persiana de mi habitación y volví a ver la luz del sol. Fue entonces cuando llamé a Nico para hacer una videollamada.

—¿Cómo vas? —preguntó cuando su cara apareció en la pantalla de mi teléfono.

—Un poco mejor, hoy he podido levantar la persiana. ¿Tú?

—Estoy muerto del aburrimiento. No me dejan salir por ser asintomático, pero es que me encuentro perfectamente.

—Me parece increíble que solo hayas tenido un poco de tos. Yo estoy como si me hubiese atropellado un camión.

—Supongo que es por toda la mierda que llevo metiéndole a mi cuerpo desde mi primer cáncer. Mis defensas se han reído del covid.

Nico pasó toda la semana quejándose de lo aburrido que estaba. Recuerdo que no paraba de hacer directos en TikTok porque estaba que se subía por las paredes. Pensé que tal vez nos habíamos contagiado el día que fuimos al bar con Sofi y Marcos. De ser así, teníamos la peor suerte del mundo, ya que la mayor parte del tiempo estábamos en casa.

La cosa era que, aunque habíamos intentado tener el máximo cuidado posible, nos habíamos contagiado, pero Nico estaba bien. Para mí, era lo único que importaba.

Lo que más me fastidió fue que tuve que pasar el día de Reyes encerrada. Era el único día de las Navidades que me gustaba y no pude celebrarlo.

—Por favor, ya estoy mucho mejor —supliqué—. Dejadme comer el roscón con vosotros, aunque sea desde la puerta. Prometo no toser, lo juro.

Las súplicas hicieron que la *iaia* se ablandara y me permitiera salir, aunque fuese solo a la puerta. Me dejaron el trozo de roscón en un plato en el suelo y salí cuando me aseguré de que mi tía estaba lo suficientemente lejos.

—Gracias por compadeceros de una pobre enferma —dije mientras le daba un bocado a mi delicioso roscón de nata.

—Como sigas con tanto drama, te volvemos a encerrar —respondió Álex.

Al día siguiente tocaba abrir los regalos. Los Reyes vinieron a mi puerta, mientras que el resto de las cajas estaban en el salón. Una plancha del pelo, maquillaje para clase, unos cascos inalámbricos...

—¡¿Quién narices me ha regalado un Satisfyer?! —grité.

—Creo que ha sido Baltasar —respondió la *iaia*—. ¡Nos ha traído uno a todas!

Mis tías y la *iaia* se asomaron a la puerta para enseñarme sus respectivos Satisfyers. Desde luego, fue el regalo estrella de aquellas Navidades. Así era mi familia, supernormal. Allí no existían los tabúes.

De repente oí el claxon de un coche y me asomé por la ventana para ver quién era. No me lo podía creer, pero sí, era él. Era Nico. Los Reyes Magos me habían traído lo que más deseaba pero no me había atrevido a pedir.

—¡¿Qué haces aquí?! —grité mientras abría la ventana.

—Andrea me ha dicho que ya podía salir —respondió Nico mientras se bajaba del coche, iluminando la calle con su sonrisa.

—¡Álex, ábrele a Nico!

Mi primo se levantó como una bala y fue a la puerta. Estar una semana separado de su *bro* lo estaba matando. A veces parecían más novios ellos que Nico y yo. Era gracioso ver su lucha interna entre las ganas de abrazarlo y su miedo a contagiarse del dichoso virus.

—¿Por qué puedes salir y mi prima no?

—Según suponemos, yo contagié a Lola. Por lo que fui positivo antes que ella y tendría que haber hecho cuarentena unos días antes.

—No lo entiendo.

—Yo tampoco, pero me han dicho que podía salir. Con eso me sirve, no me iba a poner a discutírselo.

—No es justo —protesté desde mi habitación.

—Lo siento, pequeña. —Hizo un puchero—. Solo te quedan un par de días más y serás libre como yo.

—Ya, claro. Seguro que solo querías venir para abrir tus regalos.

—Qué bien me conoces —me vaciló.

Nico se dirigió al salón con Álex y cogió todas las cajas que llevaban su nombre. Colocó una silla frente a la puerta de mi habitación y abrió los regalos delante de mí; así podía ver su reacción. Un kit para casa de la *iaia*, es decir, un pijama nuevo de Spiderman y unas zapatillas de estar por casa.

—¿De verdad, Lola? —Rio mientras abría el último paquete—. ¿Tenías que regalarme un peine?

—No he sido yo —me defendí—. Los Reyes Magos lo ven todo y saben que te está empezando a salir una pelusilla pelirroja en la cabeza. —Si él me vacilaba, yo no iba a quedarme atrás.

—¡Cómo te gusta tomarme el pelo!

—¿Qué pelo?

—¡Ya te vale! —protestó, y su risa fue el mejor regalo de ese día.

Capítulo 72

Nico

Estaba muy nervioso. Hacía un par de meses que había firmado para dar mi primera entrevista y por fin había llegado el día. Convencí a Lola para que me acompañara a Madrid. No quería ser una mala influencia, pero desde que empezó el curso no había faltado ni un solo día. Se podía permitir tener una falta en su expediente.

Aprovechando que la entrevista era el viernes, decidimos pasar el fin de semana en Madrid. No era Asturias, pero sería igual de especial porque era nuestro primer viaje juntos.

—¿Puedes guardarme esto en tu maleta? —pregunté.

—¿Crees que es necesario que te lleves tres pares de zapatillas? Solo vamos dos días.

—Sí, es necesario. Todavía no sé qué ponerme para la entrevista.

—Mírame —dijo mientras ponía sus manos en mis hombros—. Lo vas a hacer genial y estás guapo con todo lo que te pongas. —Sonrió y no pude evitar devolverle la sonrisa.

Álex nos llevó a la estación y me vinieron recuerdos de la última vez que cogí un tren. Casi no lo cuento, pero esta vez sería muy diferente. Lola y yo juntos, a solas, recorriendo Madrid.

—Que paséis un buen fin de semana, tortolitos —se despidió Álex antes de que pasáramos el control.

Cogimos el tren bastante pronto, ya que la entrevista empezaba a las once y teníamos dos horas de viaje. Intentamos ver una peli durante el trayecto, pero los dos nos quedamos dormidos hasta que llegamos a Atocha. Al salir de la estación, un coche de color negro nos recogió y nos llevó directos al estudio de grabación.

—Qué nivel, ¿no? —susurró Lola al subirnos al coche.

Madrid me agobiaba un poco. No solo por los recuerdos de mi última vez allí, sino también porque la gente siempre iba con prisa. Daba la impresión de que todo el mundo llegaba tarde a todas partes. Lola miraba por la ventana entusiasmada, parecía una niña pequeña en un parque de atracciones.

—¿Por qué te sorprende todo tanto? Si has venido mil veces.

—Ya, pero siempre que vengo es por algún concierto y al día siguiente me voy. Es la primera vez que vengo a hacer turismo —respondió.

Bajamos del coche y entramos en un edifico enorme de color blanco lleno de oficinas. Allí nos esperaba mi representante de la agencia, quien nos recibió y enseñó un poco el plató.

—¡Qué ganas de conocerte en persona! —dijo mientras me estrujaba la mano—. Encantado de conocerte a ti también —añadió dirigiéndose a Lola.

Dentro había un montón de cámaras gigantes, una mesa llena de comida y bebida y un camerino, donde dejamos las maletas. Allí me maquillaron un poco para quitarme las ojeras, cosa que agradecí, y me cambié de ropa.

—Dentro de cinco minutos empezamos —dijo una mujer con pinganillo asomándose a la puerta.

Los nervios me iban a comer y mi pierna no podía parar de moverse por la ansiedad. Lola se acercó a mí, puso una mano en mi rodilla y musitó un «Va a salir bien» que hizo que me tranquilizase al instante. Agradecí que viniera conmigo; saber que ella estaría detrás de las cámaras me ayudaría a manejar los nervios.

Salí del camerino y en medio del plató se encontraba la presentadora, una enfermera, una psicóloga y un tanatopractor. Todo estaba iluminado con una luz blanca muy potente, parecía que estaba en quirófano.

—Con lo pálido que soy, esta luz no ayuda nada —murmuré.

—De eso ya se ha ocupado la chica de maquillaje —contestó Lola.

—Muy buenas, encantada de conoceros —dijo la presentadora—. Os cuento un poco cómo va todo. Como ya sabéis, el programa de hoy trata sobre la muerte. Todos los que estáis aquí sabéis algo sobre el tema, pero de manera muy distinta. Es una mesa redonda, por lo que yo iré haciendo preguntas, pero podéis hablar cuando queráis, soltar algún comentario sobre algo que haya dicho otro, lo que queráis. Lo importante es que quede natural y que parezca una charla que podrías tener en la calle. ¿Estáis listos?

Todos asentimos y nos sentamos en una de las sillas blancas que nos habían asignado, alrededor de la gran mesa redonda. Detrás de una de las cámaras pude ver a Lola asomada. Me sonrió y levantó los pulgares mientras señalaba una de las pantallas. Supuse que me estaba dando a entender que se me veía bien en cámara y le respondí con una sonrisa.

—Empezamos en tres, dos, uno...

Capítulo 73

Lola

Nico parecía un flan. Al principio de la entrevista se trabó muchísimo, y cada vez que le preguntaban algo respondía con monosílabos. Estaba nervioso, porque de normal hablaba por los codos. De vez en cuando me buscaba con la mirada detrás de las cámaras. Me asomaba y le hacía señales con los pulgares o lo ayudaba a respirar para que se relajara.

No lo voy a negar, que la entrevista fuese sobre la muerte me chocó. Al principio pensé que, para ser su primera entrevista, podría haber tratado de otra cosa. Pero luego me di cuenta de que no había otra persona más idónea para hablar sobre el tema.

—¿Cuál es vuestra relación con la muerte? —preguntó la presentadora, y Nico tomó la palabra.

—Siempre he convivido con la muerte, ya que mi abuela estuvo once años enferma y, tristemente, falleció. Al poco tiempo fui diagnosticado con mi primer cáncer y he estado al borde del barranco un par de veces.

—¿Pensáis que hay una creencia generalizada de que moriremos con noventa años?

—Creo que eso va en relación con el tabú que hay con la muerte, ¿no? —respondió la enfermera—. Preferimos no hablar del tema y creer que somos inmortales. La gente suele emplear el *carpe diem*...

—Yo sí suelo utilizar el *carpe diem* y vivir el día a día —añadió Nico—. ¿Mañana qué haré? Depende de cómo me despierte. No puedo pensar en cómo será mi vida dentro de tres meses porque no sé si estaré aquí.

—¿Cómo os gustaría morir?

Me encantó esa pregunta, aunque pueda parecer un poco extraño. Era algo en lo que pensaba a menudo de forma inconsciente. Un poco ligado con el tema de conversación anterior, todos pensamos que vamos a morir de viejos, en nuestra cama y rodeados de nuestros seres queridos. Pero en la mayoría de los casos no es así. Todos estaban de acuerdo en que, fuera como fuese, querían que no hubiese dolor, y yo pensaba igual.

—¿Qué os parece que se les hable de la muerte a los niños? ¿Creéis que es importante normalizar ese tema desde pequeños?

—Creo que es muy importante tratarlo —respondió la psicóloga—. Aunque no lo creamos, los niños llegan a una edad en la que empiezan a querer saber sobre el tema. Somos los adultos los que solemos poner la barrera, y ahí está el error.

—Yo quería hacerle una pregunta a Nico —dijo la enfermera—. ¿Dentro de tu hospital hay algún tipo de ayuda para los nuevos niños que entran?

—Sí, claro —respondió él—. Hay un aula, y no es que sea alguien especializado quien se encargue de ello. Por ejemplo, en la mayoría de los casos, siempre que entra un niño nuevo, me llaman para que hable con él.

—Eso es genial —repuso la psicóloga—. Haces un poco de hermano mayor, ¿no?

—Un poco. —Sonrió—. Hay veces, como tú has dicho, que son los propios padres los que no saben tratar el tema y la única solución es intentar hablarlo con la mayor naturalidad posible. Eso es lo que pretendo hacer cuando llega un niño nuevo al aula.

Nico me contó que fue eso lo que hicieron con él la primera vez que pisó la planta. Por suerte o por desgracia, el año que tuvo su primer cáncer había mucha gente de su edad; así fue como conoció a Valeria e hicieron mucha amistad. Aunque las primeras semanas no quiso hablar mucho, tener a alguien que te contara su experiencia y en quien se pudiese apoyar era muy importante. Nico quería hacer lo mismo que habían hecho con él cada vez que llegaba un nuevo chaval al hospital, y así fue.

El tiempo voló y, cuando quise darme cuenta, ya había pasado más de una hora. La entrevista estaba a punto de acabar.

—Para terminar..., ¿cómo os gustaría que os recordaran después de vuestra muerte? Empezamos por ti, Nico.

—Si yo muriera preferiría que lo celebraran. No en el sentido de «¡Toma, se ha muerto!»... —Tuvo que hacer una pausa porque todos empezaron a reír—. Quiero que disfruten de lo que he vivido.

—Una especie de homenaje, ¿no? —interrumpió la presentadora.

—Exacto. Que piensen en todo lo que he hecho y que, aunque haya días malos, que no estén tristes. Me gustaría que me recordasen de una manera feliz y con humor. Al fin y al cabo, es como he intentado llevar la enfermedad todos estos años y lo que más me define.

Esas palabras se almacenaron en mi cerebro como si fuesen una cajita que, tarde o temprano, tendría que abrir. Una parte de mí lo sabía, y conversaciones como las que oí ese día me prepararon de forma inconsciente para lo que venía. Agradecí ver aquella entrevista en directo, fue muy especial, aunque deseé no tener que abrir la cajita hasta al cabo de mucho tiempo.

Capítulo 74

Lola

—Venga, Nico. Dijiste que querías aprovechar para ver Madrid y todavía sigues en la cama...

—Cinco minutos más —se quejó mientras volvía a taparse con la sábana—. Estoy reventado.

—Pero si ayer después de la entrevista no hicimos gran cosa. Deberías tener las pilas cargadas.

Me extrañó un poco que estuviera tan cansado. La entrevista acabó justo a la hora de comer, así que nos invitaron a picar algo con el equipo cerca del estudio de grabación. Después fuimos a dejar las maletas al hotel y, como habíamos escogido uno en pleno centro para no tener que movernos mucho, dimos una vuelta por la Gran Vía. A eso de las siete, Nico me dijo que estaba cansado. Fuimos a por algo de comida rápida y nos la llevamos a la habitación.

—¿Te encuentras bien? —pregunté.

—Sí, solo es cansancio. No te preocupes, ya me levanto.

Mientras él seguía dando vueltas en la cama, aproveché para ducharme y arreglarme. Siempre que había ido a Madrid era para algún concierto. Llegaba, me iba a la cola, disfrutaba del concierto y me marchaba al día siguiente. Aunque tenía muchas ganas de hacer turismo, lo que para mí era coger un simple tren para Nico podía ser agotador.

—¿Sabes quién me ha escrito? —preguntó, y yo negué con la cabeza—. Adri, el chico que hace vídeos y va en silla de ruedas. Me ha dicho que si vamos a comer con él y David Nielsen, que también hace vídeos.

—¡Por mí genial! Tienen pinta de ser supermajos.

Me pareció buena idea quedar con ellos, ya que sabía que era positivo para Nico relacionarse con gente que también se dedicaba a lo mismo que él. Además, por los vídeos que subían, parecían gente muy divertida y con un sentido del humor como el suyo.

Salimos del hotel y caminamos un poco hasta llegar a El Retiro. No pensé que sería tan grande, me pareció precioso. Había muchísima gente y, aunque todavía quedaba un poco para la llegada de la primavera, la temperatura era perfecta. Dimos una vuelta por el Bosque del Recuerdo y paseamos hasta llegar al estanque.

—Dime que vamos a montarnos en una de esas barquitas. —Puse los ojos del Gato con Botas.

—¿Estás segura? Yo creo que uno de los dos acaba en el agua.

Sin pensarlo dos veces, agarré a Nico del brazo y lo arrastré hasta el embarcadero. Había un poco de cola, pero estaba dispuesta a esperar lo que fuese por subirme a una de aquellas barcas de color azul.

—¡Nos toca! —grité mientras un señor muy majo me ayudaba a subir—. Venga, Nico. Con cuidado.

Él siempre se metía conmigo porque a veces podía ser un

poco patosa, pero nunca hablábamos de su falta de equilibrio. Siempre pensé que tenía todo el sentido del mundo: él era alto y estaba más lejos del suelo que yo. Lógica pura.

—Yo esto no lo veo —dijo mientras ponía un pie en la barca y comenzaba a moverse de un lado a otro.

—No lo pienses, pon el otro pie y ya.

Agarré su mano con fuerza y tiré un poco de él. Tenía un pie en tierra y el otro en la barca. Pensé que en cualquier momento se abriría de piernas como en los dibujos animados. Dio un pequeño salto y se sentó frente a mí.

—Madre mía, qué mal lo he pasado. —Suspiró mientras se colocaba bien la gorra.

—Empieza a remar, anda. —Reí.

Al principio nos costó cogerles el tranquillo a los remos, cada uno iba por un lado. Al final empezamos a dar vueltas y casi tenemos que volver del mareo que me dio.

—No puede ser tan difícil —me quejé.

Conté hasta tres y conseguimos remar al mismo tiempo. Esta vez nos movíamos en línea recta y pudimos disfrutar del paseo. De vez en cuando parábamos y yo aprovechaba para sacarle alguna foto sin que se diese cuenta.

—¿Por qué no nos hacemos una juntos? —preguntó.

—¿Has estado todo el rato fingiendo como si no supieses que te estaba haciendo fotos?

—Claro —vaciló—. Es que así salen mejor. Desprevenido, desinteresado...

—Menudo rollo tienes. —Reí.

Me acerqué a Nico con cuidado y le pasé mi móvil para que hiciese la foto, ya que él tenía el brazo más largo. Le estrujé la cara con la mano y le di un beso en la mejilla.

—Perfecta para mi nuevo fondo de pantalla —dijo.

Capítulo 75

Lola

Después de nuestra aventura en las barcas, fuimos a comer a un restaurante mexicano. Allí nos esperaban Adri, David y su novia Victoria. Estaba un poco nerviosa, conocer gente nueva me daba un poco de miedo por si no les caía bien.

Siempre he tenido cierto complejo con mi personalidad. Me explico. Si yo fuese otra persona y alguien me presentase a una persona como yo, me caería mal. Era algo que me atormentaba y que me rondaba por la cabeza cada vez que salía de mi círculo de amigos.

—Ahí están —dijo Nico mientras entrábamos en el restaurante—. ¡Hola!

Nos acercamos a la mesa y nos presentamos. David era incluso un poco más alto que Nico, y el pobre casi se dobla la espalda para poder darme dos besos. Victoria era guapísima y olía superbién. Por último me acerqué a Adri y dijo:

—Espera, que me levanto.

No pude evitar reírme. Había visto sus vídeos y sabía que me caería bien en persona. Tenía un humor muy parecido al de Nico y, tal vez, si no hubiera estado acostumbrada, me habría quedado de piedra con ese comentario.

Pedimos un par de platos para compartir y después uno principal para cada uno. Nico pidió unos tacos que me negué a probar porque picaban muchísimo y yo un burrito que era del tamaño de mi cabeza. Todo estaba riquísimo, casi explotamos.

—¿Y eso que estáis por Madrid? —preguntó Adri.

—Ayer tuve una entrevista para un programa y decidimos quedarnos el fin de semana —respondió Nico.

—Y ¿qué tal fue?

—Mejor que te responda ella. —Rio.

—Fue bien —dije mientras ponía los ojos en blanco—. Solo que al principio estaba un poco nervioso, eso no te lo voy a negar. Pero la entrevista me pareció superinteresante y se habló de un tema muy importante.

—¿Sobre qué era? —quiso saber Victoria.

—Sobre la muerte.

Un silencio profundo invadió la mesa. David casi se atraganta con un nacho y Nico y yo nos miramos.

—Y por lo que acaba de pasar, me doy cuenta de lo importante que es hablarlo. —Nico rio.

—Yo es algo en lo que pienso mucho después de la lesión —dijo Adri—. Pero no os voy a negar que lo habéis soltado tan directo que ha chocado.

—Supongo que es por lo normalizado que lo tenemos.

—¿Los dos? —preguntó David dirigiéndose a mí—. ¿Tú también? —Asentí con la cabeza—. Joder..., pues chapó. Yo pienso en que Victoria se muere y no sé qué sería de mí.

—Entiendo tu punto de vista, pero tenerlo normalizado no significa que me dé igual que le pase algo. Nico me ha enseñado a vivir el presente y aprovechar cada momento. Sí, él está enfermo, pero a mí podría atropellarme un coche mañana y adiós —respondí.

—Y si le pasara algo, ¿podrías rehacer tu vida?

La pregunta me pareció un poco fuera de lugar, ya que nos habíamos conocido hacía escasos minutos. No sentí que tuviera la confianza suficiente como para responder a ello, pero, antes de que pudiese articular palabra, Nico interrumpió.

—Si no lo hiciese, me molestaría. —Fingí que me sorprendía su respuesta—. Sea conmigo o sin mí, quiero que sea feliz. Si es conmigo, mejor, claro. Pero si yo no estoy, no me gustaría que se quedara llorándome toda la vida. Ella tiene derecho a reír, a enamorarse y, sobre todo, a vivir. Si conocer a alguien cuando yo no esté significa tener todas esas cosas, adelante. Quiero a Lola y, esté o no, siempre voy a poner su felicidad por encima de todo.

El silencio volvió a inundar la mesa y yo no pude evitar sonreír. Después de la entrevista de ayer, tenía claro cuál sería la opinión de Nico al respecto. Pero oírselo decir en voz alta me reconfortaba. Nico era la persona correcta, y sentí que no podría haber escogido mejores palabras para responder esa pregunta.

Y es que tenía toda la razón del mundo. Si de verdad amas a alguien y un día mueres, ¿por qué ibas a querer que no volviese a estar con nadie más? Te gustaría que siguiese su vida, que no se estancara en que ya no estás. Su vida debía seguir, y eso no significaría que no le doliera tu pérdida.

—Te quiero —susurré con los ojos vidriosos.

—Yo más —respondió Nico mientras me apretaba la mano por debajo de la mesa.

Capítulo 76

Lola

El fin de semana pasó volando y, cuando quisimos darnos cuenta, ya estábamos en el tren de vuelta. Había sido corto pero intenso. Habíamos hablado de muchas cosas que rondaban mi cabeza, pero que no era capaz de decir en voz alta. Deseé poder volver a tener una escapada así con Nico y que, a la próxima, pudiese ser en Asturias.

El tren salió por la tarde. Dejé que Nico se pusiera junto a la ventana, ya que era el sitio más cómodo. Aunque no quisiese, era inevitable que mi cabeza se inclinara sobre su hombro cada vez que me quedaba dormida. Nos complementábamos, él apoyado en el cristal y yo en su hombro.

Ese día, cada vez que conseguía dormirme, Nico se movía como un oso que se rasca la espalda con el tronco de un árbol. Al principio pensé que eran sus famosos espasmos al dormir, pero no, algo le estaba picando o molestando. Lo notaba incómodo, cada vez se movía más.

—¿Estás bien?

—Me noto como un picor en la espalda, no sé si es la etiqueta de la camiseta o qué —dijo mientras se rascaba con fuerza.

—A ver, déjame mirar si tienes algo —respondí mientras le levantaba la camiseta con cuidado.

—¿Tengo algo?

Al retirar la camiseta, vi algo que me resultaba muy familiar. Desde bien pequeña había tenido herpes labial, era toda una experta en el tema. Al ver aquella ampolla no dudé ni un segundo, estaba segura al cien por cien de que era eso. Intenté no alarmarme, ya que el herpes es muy contagioso, pero nunca había visto uno en otra zona que no fuese el labio, así que me asusté un poco.

—¿Desde cuándo te pica?

—Ayer por la tarde empezó el picor. ¿Por qué?

—Podría jugarme la mano a que es un herpes. Por lo que más quieras, intenta no rascarte.

Nico no se lo podía creer. Le hice una foto con mi teléfono para que pudiese verlo. En ese momento no estaba muy extendido, apenas medía unos centímetros, pero era importante que no se rascara.

—Por favor, avisa a tu madre para que nos recoja en la estación y te lleve a Urgencias en cuanto lleguemos —rogué.

—Voy a avisarla para que vaya a buscarnos, pero no vamos a ir a Urgencias.

—¿Qué? ¿Por qué? —pregunté extrañada.

—Estoy cansado de todo el fin de semana, no me apetece ir al hospital ahora. Además, seguro que es un simple sarpullido.

—Nico, no te diría que estoy cien por cien segura si no lo estuviese. Sabes que he tenido herpes labial muchísimas veces, es una ampolla muy...

—No voy a ir —me interrumpió, y me quedé helada.

¿Podía decirse que esa era nuestra primera discusión? Por llamarlo de alguna manera. Era la primera vez que lo veía tan serio.

Estaba segura de que, por mucho que lo intentara, no conseguiría que cambiara de opinión.

Siempre intentaba ponerme en su lugar, aunque me costara. Yo nunca había estado ingresada, no sabía lo que era pasarte días durmiendo en un hospital. Pero no comprendía por qué se negaba a ir esa vez.

—No intentaré convencerte. Ya eres mayorcito para tomar tus propias decisiones —dije seria—. Pero, si es lo que creo que es y sigues rascándote de esa manera, mañana por la mañana te acordarás de mí.

El resto del trayecto fuimos en silencio. Me aseguré de que mi cabeza no se apoyara en su hombro, estaba enfadada. Él seguía rascándose e intenté con todas mis fuerzas no prestarle atención. Si quería rascarse, allá él. En algunos momentos podía ser muy orgullosa, lo admito. Pero estaba segura de que aquella ampolla me daría la razón a la mañana siguiente.

Capítulo 77

Nico

A la mañana siguiente me levanté con un picor más intenso. Está vez también lo sentía en el pecho. Entré en el baño y me quité la camiseta del pijama. Unas pequeñas ampollas que venían desde la espalda asomaron por mis axilas y por el pecho. Había tratado de no rascarme durante la noche, pero cada vez era más difícil aguantarme.

—Mierda, mierda, mierda... —dije mientras me miraba en el espejo.

—¿Qué pasa? —preguntó mi madre entrando en el baño asustada.

—Según Lola, es un herpes. —Hice una mueca de dolor.

Mi madre pegó un grito al verme. El sarpullido se había extendido por la parte superior de mi espalda en forma de culebra, llegando hasta el cuello y las axilas.

—Vístete —dijo nerviosa—. Eso te lo tiene que ver Andrea pero ya.

No me podía creer lo que se había extendido en una noche. En la foto que me había hecho Lola el día anterior, solo se veía una ampolla. En ese momento se había convertido ya en un sarpullido enorme que casi me cubría la parte superior del tronco.

Me cabreé conmigo mismo por no haberle hecho caso a Lola. Sabía que lo decía por mi bien, pero el día anterior no quería ir al hospital de ninguna manera. Habíamos pasado un fin de semana guay, los dos solos, y quería llegar a casa. Todavía no estábamos ni a mitad de camino cuando algo empezó a torcerse.

A veces sentía que la vida, el universo, lo que fuera, se empeñaba en ponerme obstáculos todo el tiempo. Joder, ¿no era suficiente con tener cáncer? Solo quería un fin de semana tranquilo con mi novia, ya está.

Sabía que algo no iba bien, pero una parte de mí deseaba con fuerza que fuera un simple sarpullido o una reacción alérgica. No esperaba levantarme así, y me arrepentí de no haber ido a Urgencias antes.

—Definitivamente, es un herpes zóster —concluyó Andrea mientras se quitaba los guantes—. Vamos a tener que ingresarte.

—¿Un ingreso por esto? Tampoco es para tanto —respondí.

—Si en una noche has pasado de esa foto que me has enseñado a esto que tengo delante..., prefiero que estés aquí y te tengamos vigilado.

—Joder...

Esperamos un par de horas hasta que me subieron a planta. Esa vez tuve que ingresar en la cuarta en vez de en la quinta. Aquel bicho que me rodeaba el cuerpo era demasiado contagioso como para estar con los niños de oncología. Solo les faltaba un brote de herpes zóster rondando por la planta.

Una vez que nos asignaron una habitación, cogí mi móvil para escribir a Lola.

Puede que sí tuvieras razón sobre mi sarpullido :).

¿Qué ha pasado?

foto
Así me he despertado hoy. Me han ingresado para tenerme controlado.

Madre mía... ¿Estás bien? ¿Te pica?

Ahora que me han puesto medicación, no tanto, pero sí, estoy bien.

Después de clase voy para allá.

Perdón por no hacerte caso ayer.

No te preocupes. Ahora, en cuanto te vea, te diré «Te lo dije» y ya se me pasará el enfado.

Está bien, tienes todo el derecho del mundo a decírmelo a la cara.

Pensé en lo bien que estaba mi vida hacía apenas dos días. Lola y yo por Madrid, grabando, conociendo a gente maja y yendo a nuestra bola. Volver a casa había sido una vuelta a la realidad demasiado brusca, demasiado... real. Mi vida en el hospital, así era, no había más. Aunque a veces me regalase alguna dosis de serotonina, esa era mi vida.

Capítulo 78

Lola

Tuve que aprender otro camino para llegar hasta la habitación de Nico. El hospital me parecía un laberinto y, si me salía del mapa que había creado en mi mente para llegar a la quinta planta, podía perderme. Esa vez estaba en la cuarta, así que estudié el camino de los ascensores grises.

Esa semana fui todas las tardes al hospital al salir de clase. Raquel se pasaba el día y la noche allí, así que aprovechaba el momento que aparecía yo para ir a casa, cambiarse y descansar un poco.

—¿Qué te parece si me quedo yo el fin de semana? —pregunté.

—¿Estás segura? —preguntó Raquel mientras se levantaba del incómodo sillón negro—. Vas a tener que dormir en esto.

—Llevas toda la semana aquí, necesitas descansar un poco. De verdad que no hay problema.

—Mamá, ya sabes que agradezco tu compañía, pero... —dijo Nico.

—Lo sé, lo sé. No hace falta que digas nada —respondió Raquel entre risas.

Llegó el viernes y me preparé una bolsa para pasar el fin de semana con Nico. A pesar de las numerosas visitas, esa fue la primera vez que pasé una noche en el hospital.

Aunque mi abuelo había estado enfermo, nunca pude acompañarlo al hospital por culpa del covid. Mi tía lo dejaba en la puerta y después volvía a por él. No se podía llevar acompañante si se trataba de un adulto.

—Pero ¿adónde vas con tantas bolsas? —dijo Nico al verme aparecer por la puerta.

—Es que no sabía qué traer.

—Poca cosa, vas a pasarte todo el fin de semana aquí encerrada.

—Lo sé. —Reí—. Pero, como no te gusta la comida de aquí, he comprado alguna cosilla, también he traído juegos de mesa...

—Madre mía... Sí que vienes preparada —dijo Raquel—. Yo os dejo ya. Nos vemos el domingo por la tarde.

Me dio un abrazo, un beso a Nico y se fue. El pelirrojo tenía un serio problema con la comida del hospital. Estaba claro que aquello no estaba como para tirar cohetes, pero se negaba rotundamente a probarla. Daba igual si era arroz, pasta, ensalada... Nada de nada.

—¿Me puedes explicar qué te pasa con la comida de aquí?

—¿No te he contado esa historia? —preguntó, y negué con la cabeza—. Es bastante asquerosa.

—Adelante, estoy preparada.

—Todo empezó con mi primer cáncer —dijo mientras se acomodaba en la cama y me hacía un hueco para que me sentara con él—. Pasé un período de desnutrición porque la medicación que me ponían era una verdadera bomba. Tenía la boca llena de llagas, por lo que no quería comer. Al final, la única manera de que comiera era con chantajes. Me dijeron que, si comía, podría irme a casa y pasar el fin de semana allí.

—¿Y qué te dieron?

—Paella... Aunque, en realidad, era arroz amarillo con cosas. Solo de pensarlo se me revuelve el estómago.

—Qué exagerado eres. —Reí.

—Bueno, ahora viene la parte asquerosa. Accedí a comer algo porque ya llevaba muchas semanas aquí. Me lo comí todo. Así que Andrea fue a por los papeles para el alta. Cuando volvió, había vomitado hasta el último grano de arroz que me quedaba en el estómago. Parecía una escena de *El exorcista*.

—Vale, vale. No necesitaba tantos detalles.

—Te lo he advertido.

—Está bien. Entiendo que le tengas un poco de tirria al arroz, pero en el menú hay más cosas. Podrías probar algo que no fuese eso.

—Lola, no sé si te has dado cuenta, pero toda la comida aquí huele igual. Sea lo que sea.

Una auxiliar llamó a la puerta y entró en la habitación. Llegó en el momento justo, porque traía la famosa bandeja de color gris que tantas pesadillas le causaba a Nico. La dejó donde pudo, en la mesita de la televisión. Le dimos las gracias y salió de la habitación. Me acerqué para ver qué era y me dio un ataque de risa.

—¿De qué te ríes? Joder, no puedo con el olor —se quejó Nico.

—Es... —Quité rápidamente la tapa gris—. ¡Arroz! —grité.

—Lola... —Le dio una arcada—. Para, de verdad —pidió tapándose la boca.

—Está bien, ya paro. —Reí.

Después de cenar, me puse cómoda, hice mi rutina de *skincare* y Nico me hizo un hueco en su cama para ver una peli. La televisión del hospital no era gran cosa, pero se alinearon los astros y aquel día pusieron *Interstellar*.

—No me creo que no hayas visto esta película —dijo mientras subía el volumen—. Es mi película favorita.

—Lo sé —respondí al tiempo que me levantaba para apagar la luz—. Estaba esperando para verla contigo.

—Ya, claro. —Rio—. ¡Que empieza!

No quería ganarme el odio de Nico, así que nunca le dije que me pareció un tostón. Casi tres horas de película evitando dormirme fue duro. En mi defensa diré que me pareció esa clase de película que si no ves en el cine pierde muchísimo. Además de que tener a Nico roncando desde el minuto veintidós tampoco ayudó. Pero bueno, como fue mi primera noche durmiendo en un hospital con él, siempre será una película especial para mí.

Capítulo 79

Lola

Las siguientes semanas fueron muy parecidas. Ir a clase, comer algo rapidísimo, ir al hospital a hacerle el relevo a Raquel y esperar a que llegara el fin de semana para poder estar con Nico todo el día. Al final me acostumbré a dormir en aquel sillón de color negro. Tenía la capacidad de dormirme en cualquier sitio. Si me lo hubiese propuesto, creo que podría haber dormido incluso de pie. Gracias a mi superpoder, las noches de hospital no fueron tan malas.

Corrió la voz de que Nico estaba ingresado, por lo que todos los días tenía visita de alguna de sus enfermeras de la quinta planta.

—¿Cómo vas? —Esta vez vino María, la profe del aula.

—Mucho mejor, igual la semana que viene ya me dan el alta.

—¿Y no te duele? Aún lo tienes bastante extendido...

—La verdad es que no. Aunque, si bien es cierto que durante el día estoy mejor, por la noche se me hace más incómodo dormir tranquilo. Ahí es cuando suelo pedir la medicación para el picor.

—¿Y tú? ¿Qué tal la experiencia de acompañante?

—Bueno —interrumpió Nico—. Cualquier día tiran una bomba y ni se entera.

—Tengo el sueño profundo —me defendí.

—Jolín, qué suerte —respondió María—. Recuerdo una vez que ingresaron a mi marido y la guerra que tenía con ese sillón para dormir fue horrible.

—Pues yo me hice con él desde la primera noche. —Reí.

Nico pasó casi tres semanas en el hospital. El herpes zóster no quería irse y, aunque visualmente era un bicho enorme, él apenas se quejó. Al volver a casa, las heridas eran bastante superficiales, pero seguían necesitando curas.

—Pase a la consulta de la doctora Sarriá, por favor —dije mientras abría la puerta del baño y me colocaba bien las gafas.

—¿Te importa si grabamos un vídeo de cómo me curas?

—Claro que no. Pero deja que me peine —respondí mientras me arreglaba un poco el pelo con las manos.

—Estás guapa, no tienes que preocuparte por eso.

Nico dejó el teléfono apoyado en el mueble del baño al tiempo que me colocaba unos guantes de nitrilo para meterme más en el papel de doctora.

—¡Muy buenas, chicos! —dijo cuando le dio al botón de grabar—. Hoy vais a acompañarme a curarme el herpes con la doctora Lola. —Me enfocó y saludé a cámara.

Primero hizo un plano enseñando cómo tenía las heridas. Las ampollas ya habían desaparecido, por lo que estaba en la recta final. Sobre todo, en el pecho y la espalda seguía teniendo una costra de grandes dimensiones. Siempre que lo veía pensaba en lo mal que lo pasaba cuando me salía mi pequeño herpes en el labio y él, con un bicho que era cinco veces más grande que el mío, lo había pasado sin problema. Nunca volvería a quejarme de mi herpes después de ver aquello.

—Cuéntanos qué vas a hacer, doctora.

—Vamos a limpiar la zona para retirar la crema que pusimos anoche. Lo mejor es hacerlo con una gasa y un poquito de agua —dije mientras le daba toquecitos para no hacerle daño.

—¡Duele un huevo! —se quejó.

—Paciente nefasto.

—Eso dilo a cámara, para que vean lo mala que eres —me vaciló.

—¿Quieres que sea mala de verdad? —dije mientras levantaba una ceja—. Tienes todas las de perder.

—Era broma, era broma —soltó con una risa nerviosa—. Solo quería darle dramatismo al vídeo.

Saqué una gasa limpia para secar la zona y otra para aplicar la crema. Como las heridas ya casi estaban secas, no puse demasiada crema. Volví a dar toquecitos por toda la herida y Nico siguió quejándose.

—Anoche no te quejabas tanto.

—Exigencias del guion —respondió, y siguió grabando—. Bueno, chicos, ahora tengo que quedarme un rato sin camiseta para que se seque. ¡Eso es todo, amigos! Si queréis que vuelva a aparecer la doctora Lola, dejádmelo en comentarios.

—Qué payaso eres...

Capítulo 80

Lola

Marzo llegó en un abrir y cerrar de ojos. Me pareció increíble pensar que hacía un año no sabíamos lo que se nos venía encima. En televisión y en redes sociales, todo eran noticias de «Se cumple un año del estado de alarma». Recordé aquella semana esperando a que le dieran una cama a Nico para poder operarlo de la cabeza, la angustia de no poder estar con él... Pero todo había salido bien, y eso era lo que importaba.

Después de su último ingreso, llevaba unas semanas un tanto apagado. Su afición por los juegos de ordenador había vuelto a resurgir y se pasaba las mañanas jugando mientras yo estaba en clase.

—¿A qué se debe este vicio repentino con el ordenador? Hacía mucho tiempo que no jugabas —pregunté mientras entraba en su habitación.

—Los médicos me dijeron que no podía jugar mucho, por la epilepsia que tuve después de la operación de la cabeza.

—¿Y ahora sí?

—Bueno, digamos que puedo jugar más que antes. —Esbozó una sonrisa traviesa y yo puse los ojos en blanco—. No pongas esa cara, Lola. He estado pensando que quiero abrirme un canal de Twitch y para ello necesito entrenar un poco. Llevo mucho sin jugar.

—¿Twitch? ¿Quieres ser el nuevo IlloJuan?

—Ojalá, pero como él no hay nadie.

—Sí, ya sé que estás enamorado de él. —Reí—. Además de tirarte toda la mañana «entrenando», ¿necesitas algo más para poder empezar en Twitch?

El cumpleaños de Nico estaba muy cerca y quería hacerle una fiesta sorpresa con todos sus amigos. Al verlo un poquito más cabizbajo, pensé que sería buena idea. Queríamos hacer un regalo conjunto, así que igual algo para motivarlo con su nueva era de *streamer* podría ser buena idea.

—Le he pedido a mi tío que me haga un préstamo para una tarjeta gráfica. Son muy caras, pero la necesito cien por cien para que vayan los directos. Otra cosa que me podría venir bien es un nuevo monitor.

Perfecto. Ya tenía la idea para el regalo conjunto, decoración y la tarta encargada. Solo necesitaba unas cuantas confirmaciones de asistencia y listo.

Nico siempre se quejaba de que no sabía guardar un secreto y de que era muy malo para las sorpresas, pero ¿yo? Me iba a explotar una arteria por no poder decirle lo que había organizado.

—Es que no entiendo por qué no podemos dormir juntos —se quejó por decimoctava vez antes de dejarme en casa.

—Mañana tengo una práctica de clase muy pronto y no quiero que madrugues por mi culpa.

—¿Un sábado? Eso es ilegal.

—Es para subir nota. —Sonreí nerviosa—. Al ser fin de semana no todo el mundo podrá ir, es una oportunidad...

Necesitaba bajarme del coche. Como siguiese con tanta pregunta me iba a descubrir. Había aguantado mucho como para que me pillara en el último momento.

—No te preocupes, a mediodía ya estaré en casa. Cuando llegue, te aviso y vienes para comer juntos, ¿vale? Adiós. —Le di un rápido beso en los labios y cerré la puerta del coche.

Aquella última frase sonó como si me hubiesen puesto a cámara rápida. Entré en casa sin mirar atrás y, al oír cómo arrancaba el coche para irse, solté todo el aire que me quedaba en los pulmones.

A la mañana siguiente estaba atacada de los nervios. Quería que todo saliese bien, por no mencionar que era la primera vez que iba a ver a los amigos de Nico. Semanas atrás me había ocupado de buscarlos por Instagram, sin parecer una psicópata, ya que nunca nos habíamos visto en persona.

—Empieza a hinchar globos —le ordené a Álex en cuanto entró por la puerta.

—¿Cuándo viene la gente?

—Dentro de media hora —respondí nerviosa.

Para que no fuese tan sospechoso, la *iaia* me había dejado hacer la fiesta en casa. Hacía muy buen día, por lo que podríamos estar en el patio de atrás sin molestar mucho. Puse la mesa y escribí los nombres de todos los invitados en los vasos, como cuando celebraba mi cumpleaños de pequeña.

—¡Hola! Nos ha abierto tu primo. Soy Emma —dijo con una sonrisa de oreja a oreja.

—Yo Víctor, su hermano. Por fin nos conocemos en persona.

—Pues sí. —Le devolví la sonrisa—. Nico me ha hablado muchísimo de vosotros.

Todos los invitados eran los amigos de la infancia de Nico. Él veraneaba en casa de sus abuelos, que estaba en la playa, no muy lejos de la mía. Eran un grupo muy grande que se juntaba en verano, ya que la mayoría vivían fuera de la ciudad y solo venían en vacaciones.

—¿Necesitas ayuda con algo? —preguntó Emma.

—Si podéis ayudarme a traer las sillas del otro patio, me haríais un favor —respondí—. Solo queda eso y esperar al resto para que pueda venir Nico.

—¿No se huele nada?

—Me gustaría pensar que no —dije nerviosa.

La gente empezó a llegar y, cuando quise darme cuenta, éramos casi veinte personas. Una vez que me aseguré de que estábamos todos, escribí a Nico para que viniera.

Hello! Ya estoy en casa,
ven cuando quieras <3.

Me visto y voy.

La iaia ha hecho paella, no tardes!

Esperamos y esperamos hasta que tocaron a la puerta. Pedí que todo el mundo estuviese en silencio para no levantar sospechas. Fui a abrir corriendo, mientras el resto se quedaba en el patio.

—Hola, pequeña —dijo Nico al entrar dándome un suave beso en los labios.

—¿Puedes ayudarme con una cosa? Mi abuela me ha pedido que recoja unas sábanas que ha tendido en el patio.

En fin, no era la mejor poniendo excusas. Nico me acompañó y me adelanté un poco para poder dar la señal de...

—¡Sorpresa! —gritaron todos al ver aparecer al cumpleañero.

—Pero ¿qué...? —Nico hizo la peor actuación de su vida.

—Ya sabías que estaba tramando algo, ¿no? —pregunté.

—La verdad es que no. Pero he empezado a sospechar cuando he visto el coche de Víctor en la puerta, me sé la matrícula... —Rio.

Aunque la sorpresa no lo sorprendió como esperaba, pasamos un día muy agradable. Los amigos de Nico me cayeron genial, la paella de la *iaia* salió riquísima, como siempre, y me hizo muy feliz ver cómo soplaba las velas con el número veinte en la tarta. Además de lo contento que se puso al ver que tenía un nuevo monitor para su próxima etapa de chico *gamer*.

—Gracias por organizar todo esto —me susurró al oído mientras me abrazaba—. Eres la mejor.

Capítulo 81

Lola

La noche anterior habíamos dormido en casa de Javi para ayudarlos con los últimos detalles de la boda. Todo fue por el juzgado, nada excéntrico y con muy pocos invitados. Mi madre quería hacer una celebración pequeña ese día y, cuando viniese el buen tiempo, celebrarlo por todo lo alto con toda la familia.

—Nico, ¿puedes llevarme un momento a recoger unas cosas con tu coche? —preguntó mi madre desde la puerta.

—Sí, claro. Te espero en el coche —respondió él.

Mientras ellos iban a hacer una misión del mismísimo agente 007, ya que no podía saber qué era, continué arreglándome. Nunca solía hacerme cosas en el pelo porque se me daba fatal la peluquería. Ese día intenté probar a hacerme unas ondas con la plancha, pero no fue muy buena idea.

Hice lo que tenía que hacer. Acudir a la vieja confiable: un tutorial de YouTube. Una mujer de melena rubia apareció en la pantalla de mi móvil y empezó a hacer giros de muñeca con la plancha. Yo intentaba seguir de forma meticulosa cada uno de sus pasos, pero solo conseguí un churro mal hecho.

Tiré la toalla con el pelo y me puse con el maquillaje. Con eso no tenía ningún problema.

—¡Ya estamos aquí! —gritó mi madre—. ¿Qué narices te has hecho en el pelo?

—Déjame, uf. No me ha salido bien lo que tenía planeado.

—Mira que lo sabía. Por eso te dije que me acompañaras a la peluquería.

—¿Vamos al salón y te maquillo allí? —dije cambiando de tema—. Por cierto, ¿dónde está Nico?

Cuando acabé de arreglarme salí del baño y fui a la habitación a por mi maletín para maquillar a mi madre. Al abrir la puerta, me encontré a Nico ya vestido con su traje negro y corbata a juego.

—¡Estás guapísimo! —dije mientras me lanzaba a su cuello para llenarlo de besos—. ¿Qué escondes ahí detrás?

—Sabía que tu madre tenía que ir a por su ramo esta mañana, así que le pregunté si podía llevarla para darte un detalle —respondió mientras sacaba una rosa roja envuelta con un lazo blanco.

No os voy a engañar, yo amaba las flores. Era la primera vez que Nico me regalaba una, así que me hizo muchísima ilusión. Para mí, las flores tenían un significado muy especial, ya que mi padre siempre me regalaba un ramo por San Valentín. Aunque ya habían pasado muchos años, todavía guardaba las últimas rosas rojas que me regaló. Es por eso por lo que, aunque sé que es un cliché, las rosas rojas eran mis flores favoritas.

—Gracias, me encanta —dije con los ojos vidriosos.

—No llores, que se te va el maquillaje.

—No te preocupes, es *waterproof*. —Reí.

—¡Aquí hay una novia que está esperando a su maquilladora! —gritó mi madre desde el salón.

Salí corriendo de la habitación con mi maletín y saqué todo lo necesario para empezar con el maquillaje de novia. Aunque mi madre no quería nada extravagante, el simple hecho de tener que maquillarla me ponía nerviosa. Era un día muy especial para ella y quería que se viera bien.

Ella solía maquillarse, pero no en exceso. Así que, si me pasaba un poco con el tono del colorete u oscurecía de más las sombras, sabía que se vería rara y no le gustaría.

—Lista... —dije con miedo mientras le pasaba el espejo para que se viera.

—¡Me encanta! No entiendo por qué tenías tanto miedo. Necesitas más confianza en ti misma, lo haces bien.

—No quería fastidiarlo.

—¿Cómo lo vas a estropear? Qué tonta eres... —dijo mientras me daba un abrazo—. Gracias por hacer este día aún más especial.

Una vez todos preparados, nos dirigimos al ayuntamiento. Yo fui la testigo de mi madre y el hijo de Javi, el suyo. Al llegar, sus amigos estaban esperando en la puerta. Todos se paraban para decirle a mi madre lo guapa que estaba, así que empecé a creer que sí había hecho un buen trabajo con el maquillaje. Aunque mi madre ya era guapa de por sí, mi contribución solo había sido un plus.

—Se me olvidaba lo más importante —dijo mi madre acercándose a Nico—. ¿Puedes llevarme al altar? No es un altar como tal, bueno, ya me entiendes...

Nico se quedó más pálido de lo que estaba y asintió. La verdad es que no le quedaba otra. Entramos en la sala del juzgado; era bastante grande y al final se encontraba una especie de escenario de poca altura. Allí me colocó el juez, junto a Javi y su hijo, donde esperamos a que entraran Nico y mi madre.

La música comenzó a sonar, todos los invitados se pusieron de pie y mi madre apareció del brazo de Nico. Estaba rojo como un tomate por la vergüenza y ella lo agarraba con fuerza para evitar caerse. Yo aguanté la risa, pero fue una escena de lo más tierna.

Después de la lectura de mil cosas civiles, de las cuales ni me enteré, firmé como testigo. Acto seguido leyeron los votos. Mi madre casi consiguió que la sala se durmiera de lo extensos que fueron, mientras que Javi fue más escueto. Salimos del ayuntamiento para llenar a los recién casados de arroz hasta las cejas y fuimos a comer a un restaurante no muy lejos de allí.

—Menuda encerrona te ha hecho mi madre. —Reí mientras entrábamos en el restaurante.

—Ya ves..., así cualquiera se niega —vaciló Nico.

Durante la comida hablamos, reímos y fue muy agradable. Mi madre desprendía una luz increíble y me alegraba verla tan feliz. Por otro lado, Nico estaba bastante callado y supuse que era porque no conocía a nadie. A veces podía ser un poco vergonzoso si no tenía mucha confianza con la gente.

—¿Todo bien? —susurré agarrando su mano por debajo de la mesa.

—Sí, tranquila —dijo respondiéndome al apretón de mano.

¿Sabéis cuando alguien dice «Estoy bien» pero su cara chilla «Me quiero ir»? Pues así sentí la respuesta de Nico. Me di cuenta de que su mano estaba ardiendo y de forma instintiva le toqué la frente.

—Lola, para. Estoy bien —aseguró en tono serio.

—No lo estás, tienes fiebre —insistí.

—Estamos en la boda de tu madre. Cuando volvamos a casa tomaré algo y se me pasará.

Mi madre se dio cuenta de que algo no iba bien y se acercó a nosotros. Por suerte, ella iba más preparada que yo y tenía un paracetamol por si las moscas en el bolso. Tal vez no fuese suficiente para la fiebre de Nico, pero hizo que me quedara más tranquila hasta que llegásemos a casa.

Capítulo 82

Nico

Sabía que algo no iba bien. Desde la boda de la madre de Lola no había pasado ni un día sin fiebre. Como era lógico, fui a Urgencias con mi madre para confirmar que no fuera un simple resfriado.

—Parece que tienes una sinusitis bastante fuerte —dijo Andrea mientras acababa de auscultarme—. Si la fiebre no baja dentro de un par de días con la medicación, tendrás que ingresar.

Para sorpresa de nadie, la fiebre continuó, y al tercer día estaba en la quinta planta de nuevo, como en los viejos tiempos.

—Pero mira quién está aquí —dijo Alma entrando en la habitación.

Alma era una de las voluntarias que habían estado conmigo durante mi primer cáncer. Las enfermeras, auxiliares, voluntarias y oncólogas están contigo las veinticuatro horas del día y, quieras o no, al final se convierten en parte de tu familia. Por lo menos, en mi caso.

—Aquí estamos, Alma. Es que te echaba de menos y esta era mi única excusa para verte.

—Mira que eres zalamero... —respondió mientras miraba la medicación que pasaba por la bomba—. He visto que no hace mucho estuviste ingresado también. ¿Qué tal el herpes?

—Nada, eso ya está solucionado. Me ha quedado un poco de cicatriz, pero nada más. Ahora una sinusitis, y estoy esperando a que pase Andrea a verme porque tengo dolores en las piernas.

—Bueno, me alegro de que eso se haya solucionado. Por la sinusitis no te preocupes, ya verás como dentro de unos días se va yendo la infección. Lo de las piernas igual es porque pasas mucho tiempo en la misma posición.

—Mira que yo lo tengo mimado, pero aquí..., madre mía —soltó mi madre.

—Hablando de mimos —Alma esbozó una sonrisa traviesa—, me han dicho que has estado muy bien acompañado últimamente en tus ingresos. Aparte de tu madre, claro... —Rio.

—No sé qué te habrán contado, pero sí, estoy bien acompañado. —La vergüenza se apoderó de mí.

A veces no entendía cómo, después de tanto tiempo con Lola, seguía poniéndome nervioso cuando hablaba de ella. Desde luego, saber que después de todo hacía lo posible para estar conmigo conseguía que me pusiera un poco blandito sin querer.

—Mira que te pones pavo cuando te preguntan por ella —dijo mi madre.

—¡Mamá, calla! —solté. No pude evitar ruborizarme, y eso me daba mucha rabia.

—Está bien, no pregunto nada más —repuso Alma—. Supongo que en breve rondará por aquí y ya podré hacerle un interrogatorio por mí misma —bromeó.

—No seas mala —dije.

—No prometo nada... —respondió mientras salía de la habitación y cerraba la puerta con dramatismo.

Mi vida volvió a convertirse en un no parar de ingresos y altas, lo que llevó a que mis conversaciones por WhatsApp con Lola fuesen de este tipo:

Me han ingresado por una sinusitis.

¿Sabes hasta cuándo?

Ni idea, acabo de subir a planta.

Al salir de clase estoy allí.
¿Te llevo algo de comer?

Tranquila, mi madre ha bajado a la cafetería.

Está bien. Te quiero!

Yo más <3.

Sabía que Lola venía para estar conmigo, pero también era consciente de la ayuda que suponía para mi madre. Poder ir a cambiarse a casa y tener un momento para ella era importante. Me constaba que le estaba muy agradecida a Lola.

—Mañana tengo examen de Maquillaje.

—¿Qué quiere decir eso?

—Pues que me vendría bien un modelo para hacerle el *eyeliner*, por ejemplo.

—Lola, no. Me niego.

—¿Quieres que suspenda? Es eso, ¿no?

—No me hagas chantaje psicológico.

—Por favor... —Hizo un puchero.

No sé cómo, accedí. A veces le preguntaba el temario para algún examen y otras decía que tenía práctica de Maquillaje. Así pasábamos las tardes y, aunque el hecho de que me maquillara no era mi plan favorito, nos lo pasábamos bien.

—¡Estás precioso! Seguro que me ponen un diez gracias a ti —dijo mientras terminaba de ponerme brillo en los labios.

—Ya estoy aquí —saludó mi madre entrando en la habitación—. Pero ¿qué te han hecho, hijo mío? —Rio al verme la cara.

—Mamá, no vuelvas a dejarme solo con ella —bromeé.

—Deberías subir una foto a tu Instagram, estás muy guapo.

—Pero no digas que te lo he hecho yo —añadió Lola—. Como me menciones, no me va a contratar nadie.

Me hice mi mejor selfi y lo subí a mi historia de Instagram, añadiendo un «Posiblemente no volváis a verme tan guapo en la vida». A los pocos minutos, ya tenía un montón de mensajes respondiendo a la foto.

Capítulo 83

Nico

El ingreso por la sinusitis coincidió con mis pruebas de control trimestrales. No tuve que hacer mucho, ya que, al estar en el hospital, solo tuve que esperar al celador para que me llevara a la resonancia.

Con mi pijama azul del hospital, paseábamos por la planta en silla de ruedas. La silla era porque iba enchufado a la bomba con la medicación, pero debo admitir que ir así era más divertido.

Como de costumbre, pasar por una prueba que te decía si tienes cáncer no era la cosa más agradable del mundo. Los nervios estaban ahí, pero siempre era mejor detectarlo y atacar que dejar que me comiera.

Después de la resonancia me llevaron a mi habitación de nuevo. Los días allí siempre eran iguales.

—¡Buenos días! ¿Por qué no te pasas por el aula un rato? —me animó María.

María se esforzaba porque saliese de la habitación, aunque fuese a dar una vuelta por el aula. Entendía que lo hacía para distraerme, me quería como mi propia madre, pero la mayor parte de las actividades que programaban eran para críos pequeños y no me hacían especial ilusión.

—Luego voy —respondí.

—Eso me dices todos los días y nunca apareces.

—No te ofendas, pero que venga un pirata a contarme un cuento no es que sea mi mayor sueño.

—Ha traído un loro —dijo entusiasmada.

—¿Está vivo?

—No.

—Entonces sigue sin interesarme.

—¿Si te traigo un loro de verdad...?

—María, gracias, pero no.

—Está bien, tú te lo pierdes. —Salió de la habitación cabizbaja.

Siempre le daba largas, pero ella nunca se rendía.

Como todas las mañanas, las oncólogas pasaron a verme para ver cómo estaba.

—¿Cómo vas? —preguntó Andrea.

—Aburrido como una ostra —respondí.

—Lo sé, pero vamos a ponerle solución a esta dichosa sinusitis. Viendo que la medicación no funciona, creemos que lo mejor es que te operen dentro de unos días.

—Ah, maravilloso —respondí en tono irónico—. ¿Alguna noticia más?

—Tengo los resultados de tu resonancia del otro día.

Me quedé en silencio, sabía lo que venía. ¿Cuántas recaídas llevaba ya? Había perdido la cuenta. Estaba harto, cansado, pero no podía tirar la toalla.

—¿Cuándo empezamos con el tratamiento?

—Nico..., han aparecido varios puntos en las piernas, de ahí tu dolor.

—Está bien, ya sabemos de dónde viene. Ahora quiero saber cuándo atacamos.

—La cosa es que primero tenemos que acabar con el asunto de la sinusitis, que te recuperes al cien por cien de la operación y después empezaremos con la quimio.

Era la primera vez que tendría que esperar para tratarme y eso me ponía un poco nervioso. Sabía que la operación por sinusitis no era muy preocupante, lo peligroso era dejar que esa infección acabara conmigo.

Era asqueroso lo normalizado que tenía saber que había recaído. Era mi realidad, se había convertido en una parte más de mi día a día. No había otra manera de afrontarlo, lo había oído tantas veces que ya sonaba como algo cotidiano. Era muy triste, porque no solo yo lo había normalizado.

—Tengo que contarte algo —dije mientras Lola se sentaba en el sillón negro.

—Te han dado los resultados, ¿no?

—Me operan de la sinusitis y después empezaré con la quimio otra vez.

—¿Qué piensas?

Me habría encantado responder con sinceridad, pero me limité a decir:

—Nada. Solo puedo esperar y tratarme.

—Pase lo que pase, voy a estar aquí. ¿Me oyes?

Lola se acercó a mí y me abrazó con fuerza. Esa vez no lloró, la noticia no la sorprendió, pero eso no quería decir que no estuviese afectada. Sabía que, más que nadie, deseaba que esa pesadilla acabase. Era consciente de la persona que tenía al lado. Lola era fuerte, y desde el primer día que empezamos a salir, había asumido que eso podía pasar y se había quedado conmigo.

Capítulo 84

Lola

No sabría cómo definir mi estado mental aquellos meses. Digamos que puse el piloto automático y los días pasaban sin darme cuenta. No recuerdo cuántos ingresos y altas tuvo Nico desde finales de abril hasta la llegada de las vacaciones de verano.

Primero el herpes zóster, después la sinusitis, volvió a tener covid, una infección en el estómago... Una lista de cosas que lo único que hacían eran retrasar los tratamientos de quimioterapia.

Siempre estuve con él, no me importaba nada más. No era médico, tampoco enfermera, no tenía la cura para tratarlo. Solo podía acompañarlo, ya fuera en el hospital o en casa. Quería que sintiera que estaba con él, que iba a estar ahí si necesitaba algo.

Apenas vi a mi madre aquellos meses. A veces venía a la ciudad y aprovechábamos para tomar un café, pero muy de vez en cuando. Ella también estaba ocupada con su trabajo en el pueblo y yo, entre las clases y sacar tiempo para poder estar con Nico, no daba para más. Así que la mayoría de las veces me llamaba y hablábamos un rato.

—Pero ¿ya le han dado el alta? —preguntó ella al otro lado del teléfono.

—Sí, está en su casa —respondí—. Aunque últimamente tiene mucho dolor de piernas, pero, si han dejado que se vaya, es buena señal.

—Ya... ¿Tú cómo estás? Deberían hacerte un altar después de todo lo que estás haciendo por él.

—No es ningún mérito. Lo hago porque lo quiero y, si fuese al revés, él haría lo mismo por mí.

Por aquella época, todo el mundo se molestó en ponerme un «pin» de buena persona por hacer algo que, en mi humilde opinión, era lo mínimo que podía hacer. No acababa de entender qué mérito tenía cuidar a la persona que quieres, volcarse en ella. ¿Por qué todos me miraban como si estuviera realizando la mayor obra de caridad del mundo? No tenía sentido.

—¿Cuándo fue la última vez que quedaste con tus amigas?

—No hace mucho —mentí—. Además, hablo con ellas todos los días.

Eso sí que era cierto. Me escribía todos los días, o casi todos, con ellas. Siempre me preguntaban por Nico y, sobre todo, se preocupaban por cómo estaba yo. Valeria estaba feliz en Valencia y Sofi estaba centrada en su carrera y en su romance con Marcos. La rubia me dijo de quedar varios días, pero no me apetecía. Mi tiempo libre era para Nico, y ella lo comprendía a la perfección.

—Creo que te estás volcando mucho en él y no es bueno.

—Me encantaría verte a ti si a Javi lo ingresaran. Dudo mucho que te quedaras en casa esperando a que volviera —respondí seria.

—Solo digo que eres joven. Estas cosas no deberías vivirlas a tu edad. Tú deberías estudiar, salir, ver mundo...

—Por favor, no sigas. —Sentí cómo me hervía la sangre.

Siempre había tenido la sensación de que mi madre pensaba que Nico me cortaba las alas. Sí, era cierto que estaba viviendo cosas que tal vez no me tocaba vivir con mi edad. Perder a mi padre con catorce años tampoco lo era y lo afronté. Mejor o peor, lo pasé. Lo importante aquí era que parecía que por ser joven no tenía derecho a acompañar a mi pareja en un hospital; que tenía que vivir la vida loca y que eso ya me tocaría hacerlo, o no, en un futuro. Me parecía tan egoísta...

—No te pongas a la defensiva. Me refiero a que Nico tiene una familia, no entiendo por qué quieres asumir esta responsabilidad. Eres su novia, no su madre.

—No es asumir nada. Repito, si Javi estuviese en el hospital, estoy segura de que no te despegarías de él ni un segundo, ¿verdad?

—No, no lo haría, pero...

—¿Qué cambia? ¿Que tú tienes cincuenta y yo no llego a los veinte? Estamos hablando de cuidar a la persona que quiero. No entiendo cuál es el problema.

Empecé a evitar las llamadas de mi madre. Siempre terminábamos con aquella conversación y me agotaba. Si quería hablar conmigo, esperaba que fuese para distraerme un poco. Como siempre, cada vez acabábamos con broncas totalmente innecesarias para todo lo que estaba pasando.

Capítulo 85

Lola

Por fin había acabado. Primer año de Caracterización terminado y todo aprobado. Después de todo el esfuerzo, tenía mi recompensa. Tal vez no fue con las mejores notas, pero lo conseguí.

—¡Soy libre! —grité mientras entraba en el coche de Nico y le daba mi boletín de notas.

—Sabía que lo conseguirías —dijo mientras me daba un beso en la frente.

—Ha sido gracias al profesor preguntón y a mi modelo para los exámenes de Maquillaje —vacilé.

—¿El año que viene también tienes Maquillaje?

—Pues claro, es una de las troncales.

—Buscaremos otro modelo, ¿vale? Aunque tenga que pagarle.

No pude evitar reírme. A pesar de que Nico se quejaba muchísimo de mis prácticas de Maquillaje, sabía que en el fondo le resultaba tan divertido como a mí. Además, tenía una piel envidiable, era perfecta para cualquier tipo de maquillaje. Yo me gastaba el dinero en productos de *skincare* y él, con un poco de suerte, se lavaba la cara por las mañanas. Nunca entendí cómo tenía la piel tan perfecta.

—Habrá que celebrar mi libertad, ¿no?

—¿Qué tienes en mente, pequeña?

—Hace mucho que no pasamos tiempo a solas, y se me había ocurrido que podríamos ir al piso de mi madre el fin de semana. Como en los viejos tiempos. Sé que no es gran cosa, pero...

—Me parece muy buena idea —me cortó.

Fuimos a casa de Nico a coger algo de ropa, después a la mía para hacer lo mismo y, por último, fuimos al supermercado para comprar algo de comida. Mi casa llevaba vacía casi un año, así que teníamos que coger provisiones para todo el fin de semana.

—Lo del desayuno ya está, ¿no? —pregunté revisando el carrito.

—Tu pan del desayuno y mis Choco Flakes. Listo.

—Porque un día no desayunes Choco Flakes no te va a pasar nada.

—Me ofendes.

Paseamos por todos y cada uno de los pasillos del supermercado para que no nos faltara nada. Parecía que se acercara el fin del mundo, cuando solo íbamos a pasar un fin de semana.

—¿Qué cenamos?

—He visto una receta de quesadillas por TikTok que tiene buena pinta.

—¿Para hacerla yo?

—Tú sola no, los dos. —Sonrió.

—Genial entonces, no pensaba dejarte solo en la cocina.

—¿Se puede saber por qué?

—La última vez que te pedí que hicieras algo se quemó, y eso que solo era vigilar una pizza en el horno.

—Qué mala...

Conseguimos todo lo necesario para sobrevivir un fin de semana juntos. El único plan era ver pelis, comer, no salir de casa y estar todo el día en pijama.

Nico condujo hasta casa de mi madre y, cuando estábamos subiendo la compra, me di cuenta de que su dolor de piernas volvía al ataque.

—Déjame, no lleves tanto peso.

—Estoy bien, no es nada —respondió.

—No tienes por qué forzarte, dame una bolsa aunque sea —rogué, y cedió.

Antes de su última alta ya se había quejado del dolor. Pensé que, si lo habían dejado salir, tal vez no era motivo para alarmarse. No es que yo fuese la persona más fuerte del mundo, pero si podía evitarle algo de dolor llevando menos peso, lo haría.

Guardamos toda la compra y nos pusimos cómodos. Nos dimos una larga ducha juntos, no recordaba la última vez que lo habíamos hecho. Siempre nos peleábamos porque a Nico le gustaba el agua fría y a mí, caliente infierno.

—Ya no estoy fuerte —dijo mientras se miraba en el espejo y se cubría con la toalla.

—¿Y? Date un poco de tregua, seguro que en nada vuelves a entrenar y a coger peso —contesté mientras le daba un beso en el hombro.

Preparamos las quesadillas según TikTok, que, como era de esperar, no tenían tan buena pinta como en el vídeo. Nico me hizo ponerle la canción de *Ratatouille* mientras hacía que cocinaba para, según él, sentirse un chef de verdad.

—No están tan mal —dijo dando un bocado.

—Sorprendentemente no, están bastante bien. —Reí.

Después de cenar, recogimos la cocina y fuimos directos al sofá para ver una peli. Como de costumbre, estuvimos un buen rato intentando decidir qué ver y, como siempre, Nico acabó eligiendo.

—Hay una serie nueva, se llama *WandaVision*. Estoy seguro de que te va a gustar.

—¿Por qué siempre tenemos que ver cosas de Marvel?

—Te prometo que la próxima eliges tú. —Hizo un puchero—. ¡Mira! Somos nosotros.

—Visión es calvo, como tú, pero yo no soy pelirroja.

—Bueno, te gustan los pelirrojos —me vaciló.

En aquel momento me daba igual qué ver, me quejé por vicio. Lo único que me importaba era que Nico estaba medianamente bien, pero en casa. Que los dos estábamos en mi sofá gris, viendo una serie, como si el tiempo no hubiese pasado. Después de todo, seguía con la persona que me hacía sentir en las nubes como la primera vez. Solo importaba eso.

Capítulo 86

Lola

Un grito me despertó en mitad de la noche. Me levanté del susto y encendí la luz lo más rápido que pude.

—¿Qué pasa? —exclamé.

—¡Mis piernas, joder! —chilló Nico.

Traté de mantener la calma, cosa complicada, ya que estaba retorciéndose de dolor. No tenía la más remota idea de qué hacer.

—Vale, Nico, intenta respirar. —Empecé a inhalar y exhalar intentando que me imitara—. Despacio. Sé qué te duele, pero trata de decirme dónde y descríbeme el dolor.

—Es como... —exhaló con fuerza— cuando te da una rampa, pero multiplicado por mil... —Acabó la frase y volvió a chillar—: ¡Siento mucha presión en las piernas!

—Estoy aquí, estoy aquí —repetí una y otra vez.

No podía ponerme nerviosa. Tenía que estar serena, tranquila para intentar relajar a Nico. Puse las manos en sus piernas y se estremeció.

—Coge la morfina —me ordenó—. Está en el bolsillo pequeño de mi mochila.

Salí corriendo de la habitación y me perdí entre tantas pastillas. De los nervios, me costaba leer lo que decía cada caja, hasta que la encontré.

—Dame —dijo. Llenó la jeringa hasta arriba y se la tomó como si fuese un jarabe.

En pocos minutos sentí cómo su cuerpo se relajaba por completo. Todos y cada uno de sus músculos se destensaron, como si la agonía no se hubiese apoderado de su cuerpo.

—¿Qué cojones acaba de pasar? —dije con lágrimas en los ojos por la tensión.

—Me dieron morfina para emergencias, y creo que eso lo era.

—Nico...

—Túmbate, por favor.

Me tumbé junto a él de nuevo. Su cuerpo estaba cubierto de sudor frío. Me acosté sobre su pecho, acercándome lo máximo que podía a él. Su respiración ya no estaba tan agitada, pero su frecuencia cardíaca era irregular.

—Estoy cagado, Lola.

Sus palabras hicieron que apartara mi cara de su pecho y lo mirara a los ojos. Era algo que ya sabía, pero nunca lo había oído decirlo en voz alta. Todas mis alarmas empezaron a sonar. Si Nico tenía miedo, ¿qué quedaba?

El chico que nunca había temblado por una resonancia, que se lo tomaba todo con humor y aprovechaba cada momento, acababa de confesar que tenía miedo. Miedo. Pensaba que esa palabra no existía en su vocabulario, pero esa noche salió de sus labios.

—Todo estará bien —dije mientras lo abrazaba.

—Lola, sabes tan bien como yo que no lo está.

Esa frase me rompió en dos. Fue como si una burbuja de realidad estallara encima de nosotros. Y no porque no fuese consciente de la situación, sino porque una parte de mí no quería verlo. Supongo que mi cabeza quería protegerme de alguna forma, pero ya no podía más.

—¿Y ahora qué? —pregunté mientras él me secaba las lágrimas con sus manos.

—Voy a luchar hasta el final, por ti. —Las lágrimas comenzaron a recorrer su rostro.

—No tienes que luchar por mí. Llevas más de cuatro años así, esto no va de mí.

—¿Por qué crees que sigo aquí? Tú eres la única razón por la que continúo aguantando. —Volvió a abrazarme con fuerza.

—Mírame —dije mientras agarraba su cara con las dos manos—. Desde que empezamos a salir, me prometí a mí misma que, fuera cual fuese el tiempo que estuviésemos juntos, haría todo lo posible para hacerte la persona más feliz del mundo.

—Pues lo has conseguido.

Capítulo 87

Lola

Después de esa conversación, llamé un taxi para ir a Urgencias. Nico no se negó, los dolores iban en aumento y en casa no podíamos hacer nada.

Fue una de las noches más terroríficas de mi vida.

Después de casi seis horas esperando, cada vez con más presión en las piernas, consiguieron subirlo a planta. Una vez allí, lo drogaron hasta las cejas para calmarle el dolor.

Hasta ese momento no había avisado a nadie. Eran las tantas de la madrugada y no quería asustar, aunque sabía de sobra que el susto se lo iban a llevar igual.

Cuando al fin llamé a Raquel, no hizo falta que le explicara nada. Ni siquiera me dejó hablar antes de preguntarme:

—¿Dónde estáis?

—En el hospital.

Aunque a mí se me hizo eterno, su madre llegó enseguida y me suplicó que me fuese a casa al ver mi cara de zombi.

Me negué rotundamente. No podía separarme de él. Al principio, los dolores y la angustia venían de vez en cuando, pero, a medida que pasaban las horas, se volvían más seguidos.

Nico apenas abría los ojos por la morfina, pero cada vez que lo hacía pronunciaba mi nombre para asegurarse de que estaba ahí. ¿Cómo iba a apartarme de su lado?

Aunque una parte de mí no quería separarse de él ni un segundo, me fui a casa al quinto día. Le di un beso en los labios con cuidado y prometí que regresaría antes de que despertara.

Volví al piloto automático. No recuerdo nada de lo que hice en casa esa mañana. Supongo que me duché, porque, al volver a subirme al coche de Álex para ir otra vez al hospital, mi ropa era diferente, pero me era imposible pensar en los pasos que había dado hasta llegar allí. En mi mente no había sitio para nada que no fuera él.

Al llegar, me encontré a una Raquel rota, completamente descompuesta, que con un hilo de voz pronunció la frase que retumbaría en mi cabeza por el resto de mis días: «No hay nada más que puedan hacer por él».

Habrá quien piense que Nico tiró la toalla. A mí me parece egoísta utilizar esa expresión con alguien que pasó más de cuatro años luchando contra una enfermedad. Con una sonrisa en la cara todos los días, a pesar de toda la mierda que tenía encima. Demostrándole al mundo que a veces nos quejamos porque no somos conscientes de la suerte que tenemos de estar sanos.

Tengo claro que Nico no vino a este mundo para salvar a nadie, y menos a mí. Pero la luz que desprendía era única, capaz de iluminar la vida de todos los que tuvieron el privilegio de conocerlo. Siempre pensé que era mi guía, capaz de sacarme del agujero, a veces incluso sin articular palabra. Es increíble cómo lo sigue siendo aun no estando aquí.

Estoy cabreada con el universo, con los astros, con Dios, con quien sea. Es tan injusto saber que ahí fuera hay miles de personas causando el mal a otros y ni un esguince tienen... Es entonces cuando conoces historias como las de Nico y no puedes pensar en otra cosa que en la injusticia de este mundo.

A mi corta edad, me siento una completa privilegiada por saber que el amor de las películas existe. Hay gente que a lo largo de su vida nunca llega a encontrarlo. Yo solo pido que todas y cada una de las personas que habitan este mundo sean capaces de tener un cinco por ciento de lo que Nico y yo sentimos. Solo eso.

Aquel pelirrojo que apenas articuló palabra el día que lo conocí, que me besaba la punta de la nariz, que se metía conmigo por mi estatura y era un payaso de serie, se convirtió en la mayor lección y el mejor regalo de mi vida.

«Si quieres a alguien, no querrás que sufra y lo dejarás ir», fue una de las cosas que me enseñó.

Llega un momento en que no queda más remedio que soltar. Él lo hizo y yo también, pero soltarnos no nos separó, al contrario, nos unió para siempre.

Sus regalos se quedaron conmigo. Su sonrisa, sus ganas de vivir, su humor, tantas cosas... Pero hay uno que destaca entre todos ellos. Mi regalo favorito, mi gran tesoro: los atardeceres.

No hay tarde que no sienta a Nico junto a mí, contemplando los colores cambiantes del cielo. Siento su sonrisa cada vez que el cielo se vuelve de color amarillo, su color favorito, que amaba porque era alegre y se asociaba a la locura. Eso fue él para mí, la alegría de vivir, la locura de creer que un amor como el nuestro podría durar para siempre. Y es que, cuando la realidad de la vida es demasiado dura, siempre nos quedan refugios: una canción, una camiseta con su olor, un lugar secreto... Yo elegí refugiarme en los atardeceres favoritos de Nico, y allí nos reunimos cada vez que el cielo se vuelve amarillo.

Agradecimientos

Esta novela no habría sido posible sin el apoyo de muchas personas, pero sobre todo gracias a ti, la persona que me enseñó a amar de forma sana e incondicional. Recuerdo aquella conversación en uno de tus ingresos, en la que te decía lo mucho que me gustaría escribir nuestra historia. Siempre supiste que lo conseguiría. Te quiero muchísimo, Carlos.

A mi padre, a quien por desgracia anhelo cada día de mi vida. Ojalá hubiera podido compartir esto contigo. Espero que estés orgulloso de mí, es lo único que deseo.

A mis abuelos. Al abu desde el cielo y a la *iaia* desde aquí. Os quiero más que a nada en este mundo.

A mi madre. Aprovecho para decirte lo mucho que te quiero y que estoy orgullosa de ti. Gracias por todo lo que haces por mí. Admiro tu fortaleza, aunque nunca te lo diga.

A mi primo, a quien considero hermano. Me tomaré la libertad de decirte que eres un capullo, pero desde el cariño. Tú ya me entiendes.

A mi familia, siento daros un agradecimiento tan general, pero es que somos muchos. No podía poneros a todos en el libro, perdonadme. Soy muy afortunada de teneros.

A mis amigas, quienes han sido siempre el empujón que necesitaba cuando tocaba fondo. No sé qué habría sido de mí sin vosotras.

A Rosa, a quien consideraré mi suegra por el resto de mis días. Solo tú y yo sabemos lo que vivimos entre esas cuatro paredes, y lo que eso unió no nos lo va a quitar nadie. Te quiero.

A Andrea, mi psicóloga. Gracias por animarme con este proyecto, eres muy especial para mí. Y, sí, podrías sugerirles a todos tus pacientes en proceso de duelo que escriban una novela. Viene muy bien.

Gracias a Esther, por ser una maravillosa editora y respetarme en todo momento. Tenerte en este proyecto ha sido como cuando te quedas dormida en el sofá y alguien te tapa con una manta. Gracias a ti, a Editorial Planeta y a MatchStories por esta oportunidad.

Por último, pero no menos importante. A toda la gente que me apoya en redes cada día. Gracias a vosotros puedo dedicarme a lo que me gusta y disfruto plenamente. Os quiero muchísimo.

Banda sonora

Contando lunares, ℗© 2019 Don Patricio, distribuido en exclusiva por Warner Music Spain S. L., interpretada por Don Patricio y Cruz Cafuné.

Sing, ℗© 2014 Asylum Records UK, interpretada por Ed Sheeran.

Callaíta, ℗ 2019 Rimas Entertainment LLC., interpretada por Bad Bunny.

Circles, ℗ 2019 Republic Records, a division of UMG Recordings, Inc., interpretada por Post Malone.

Matchstories